麦子の神様

宮下偕子

三一書房

『チボー家の人々』の著者ロジェ・マルタン・デュ・ガールは、その著書の中で「神は存在しない。しかし、人間は神なしでは生きていけない」と嘆いた。

彼は神を探したが、ついに会えなかったのだ。

神は愛とも言える。人間はたとえどんな醜悪な存在であっても、無意識のうちに愛を探し、失望しながらも求めて止まない。

目次

醜いアヒルの子

戦後まもない頃、芋掘りの最中に麦子は表座敷で隣近所に響き渡る大きな産声を上げた。するとたちまち裏の機屋の母ちゃんが飛んできて、「今度の赤ん坊はえらく泣くでねえかあ」と赤ん坊の顔を覗いてプッと吹き出したと、母はさも愉快そうに人に言い、麦子にも語って聞かせたものだった。

まだ麦子が口もろくにきけない頃、母は麦子に白地に青い小花模様のワンピースを作ってくれた。それがあまりにも可愛らしかったので麦子はカッとして、歯と手指でメリメリと引き裂いてしまった。

「なんつう呆れけえったガキだことよお」

祖母が怒声を上げると、母も負けじと金切り声を張り上げた。

「まったくもう、なけなしの財布をはたいて、やっと作ってやったのに。親の苦労を有難えとも思わねえで」

また何かで麦子が癇癪を起こして木の根方に引っくり返って大泣きをしたことがあった。

「まったく手に負えない子でね……」

突き放したような母の声に続いて取りなすような穏やかな声がしたが、いつまで待っても誰も側には寄り付かず、地面に仰向けに打ち捨てられたままだった。

とは言え、麦子の人間としての意識の始まりは極めて感動的なものだった。何でももやもやした温かい湯気に包まれ全身は気持ちよく溶けそうだった。紅の輝くばかりに麗しい顔が目の前にあった。風呂場で母の膝に仰向けに寝かされて頭を洗ってもらっていた。その黒い瞳に魅せられ恍惚となった。愛されている喜び、愛そうという強い意志が身内に湧き上がってきて心にしっかりと根を下ろした。

麦子が二歳の時、父が勤めていた練炭工場は戦後の不況の波に飲み込まれ潰れて、父は町はずれの雑貨屋に雇われた。それは県道沿いの埃をかぶった小さな古い店で、客はめったに寄り付かなかった。父は昼と夜二食分の弁当を持って錆びてキィキィ鳴る自転車に乗って出勤し、朝から晩まで日曜祭日の休みもなく店番をしたが、給料はたったの五百円だった。ある時、それさえも支給されず一斗缶一個のカリン糖に化けたことがあった。父と兄はついカリン糖を食べ過ぎてしまった。体中に梅干大の腫れ物ができて膿がドロドロしてきた。時は夏だった。ハエがたかってくるので痒くてたまらない。二人とも丸裸になって縁側に出て全身に白い粉薬を母に塗ってもらって、白いお化けのような格好になった。

その夏の終りに妹桃子が生まれた。あまり声を立てない不活発な赤ん坊だった。栄養不良のせいか薄い頭髪の下一面に一円玉大のでき物ができて赤い口を開け黄色い膿が甘酸っぱい匂いを発散させていた。麦子には母の胸に抱かれた記憶がない。母が妹を胸にぶら下げて田圃にしゃがんで働いていた姿が瞼に焼き付いている。

それでも何とか生きていけたのは、父の三番目の兄が、毎月一万円送金してくれたからだった。この伯父は尋常小学校四年修了、九歳の時、松戸駅前にある千葉県一の瀬戸物屋に丁稚奉公に出された。愛嬌のある丸顔と天性の誠実さから社長の母親に可愛がられ、目利きの才を発揮して店にとってなくてはならない存在になっていた。伯父は幼少の頃、墓場で仲間と馬跳びをしていた時墓石が倒れてきて背骨を折り、背が伸びなくなった。それでも世話をしてくれる人があって、華族屋敷の洗濯女を娶って三男三女をもうけた。母は彼女を使用人の中でも一番身分の低い教育のない女と何かにつけては軽蔑していたが、微塵も悪意のない愛の人であった。

彼女は朝、夫が出勤する際には必ず玄関先に出て恭々しく小腰をかがめ「どうもどうもお仕事ご苦労様です。お陰様で家中みんなが安心して暮せます」とお辞儀をした。夜帰宅すると飛んでいって「まあまあ、お仕事お疲れ様です。心配して待っていました」とお辞儀をした。伯父は何とも言えない顔をしてそれを受けとめていた。どんなに妻に奉られても決して威張らず、いつも無口で物静かだった。

麦子の家は七人家族だった。両親と兄、妹、祖母に曽祖母がいた。関東平野を横断する利根川の南岸、水郷地帯の兼業農家だったが、クリスチャンホームであることと、家柄に並々ならぬ誇りを抱いていることが、ほかの家とは違っていた。祖母や曽祖母はよく御先祖様の話を子供たちに語って聞かせたものだった。

「何でもおらいのええの御先祖様は千葉胤正という偉い御殿様だったんだが……内輪もめが起きて山伏姿になって逃げる途中で男は全部殺され、女だけがここまで逃げ延びてきた。それで家紋は女紋の九曜の星、屋号の宝応院は偉い女だけに付く戒名からきている。夏蜜柑の木の下には小さいながらも氏神様が祀ってある。この家は文化文政時代の盛んな時に建てたから欅の大木が丸ごと棟木に使われている」

確かに麦子の目から見ても座敷と奥の間を仕切る鏡戸や赤銅色に光る尺寸の大黒柱はよその家にはないものだった。

「今から六代前の人は花が大好きで家は花屋敷と呼ばれ、跡取りに花本という名前をつけた。これがたいそうないい男で女に騒がれ、とうとう正妻を追い出して妾を家に入れる羽目になった。正妻は恨んで恨んで恨み抜いて死んだ。昔からこういう祟りは三代続くと言われ、花本、仙之助、花次郎と三大アル中が続いて家は落ちぶれた」

祖母の父花次郎は酒乱だった。日中は利根川の堤防工事の人足頭をして面倒見のいい親分だったが、夜になると酔っ払って帰宅して大暴れした。三人の娘たちは外に飛び出して田圃ののうの中に潜り込んで寝た。のうとは稲束を円筒形に積み上げてワラの蓋をかぶせたものである。曽祖母は娘たちを逃がしてやり、自分はそこらの薪で頭を殴られていた。曽祖母の実家は村一番の大百姓なのだが、裁縫に何年通っても浴衣一枚縫えず、二十四歳になって観念して、酒乱と承知の上で嫁いだのである。ほかに行く所がなかった。百姓が天候不順を嘆きながらもそれを受け入れざるを得ないように自分の運命を受け入れていた。そのため何かあるとすぐ「せっかんだ、せっかんだ、せっかんだなあ」と騒ぎ立てた。

「せっかんだ」が口癖だった。おまけにとても臆病で、雷が鳴ると顔色を変え、「おうおうおう……」と不気味な声音を発して、みんなの恐怖心を煽り立てた。

祖母は二十歳の時、山向こうの篤農家の次男勇を婿に取った。無教育の上に南瓜に目鼻という不細工な祖母と初等教育を受けた美男の勇とは何とも釣り合わぬ縁であったが、勇には離婚歴があったので承知したのだろう。だが、ここでもたちまち舅に嫌気がさし、一年後に母が誕生するとすぐ失踪してしまった。それから一年余り経って再婚話が持ち上がり、祖母は一大決心をして、両国で勇の姿を見かけたという風の便りを信じて、母を背負い両国まで探しに行った。あてもなく両国の街を一日中彷徨った。喉が渇き腹が空いたが、店に入る金はない。日暮れてきた心細さに両国橋から身を投げようとして橋の欄干に両手をかけた瞬間、「おハナ！」と呼ぶ声がした。それは勇だった。勇は八百屋の小僧になっていた。それから親子三人は八百屋をやって暮した。商売はまずまず繁盛して平穏な日々が続いた。毎晩暖かい蒲団に寝られ、野菜果物は食い放題、隣の肉屋に料理を教えてもらうという生活に祖母はムクムクと肥え太り、二十貫を越す肥満体になった。

それが大正十二年九月一日、母が三歳の時関東大震災に遭遇し、焼死者六万人を出した本所被服廠の数少ない生き残りとなった。晴れた暑い日だった。祖母は腰が抜け、勇の叱声によってかろうじて立ち上がり、母を背中にくくりつけ、手拭い一本を握りしめ、勇に引きずられて行った。ちょうど昼時だったので、たちまち火事になり、炎と黒煙で空は夜のように暗くなり、突風が起きてトタン板、大八車、人間までもが空中高く舞い上がった。大八車に家財道具を積んで逃げてきたしっかり者は、蒲団に火がついて焼死した。

その後笹塚に転居して八百屋を再開した。商売は繁盛して小僧を一人雇うまでになったが、毎朝三時にリヤカーで市場に仕入れに行き、夜帳簿付けをする生活は、小柄で華奢な勇にとって過酷だった。市場から帰宅すると「くたびれて飯が喉を通らねえ」と言うようになった。

母が十二歳になった正月、いつになく祖父が「写真を撮ろう」と言い出して、二人で正装して写真館に行った。その写真が祖父を偲ぶ唯一のよすがとなった。

それから間もなく祖父は風邪をこじらせて気管支炎から呼吸困難になり亡くなった。男盛りの三十七歳だった。

母にとって祖父の思い出と言えば、店を閉めた後、家の周囲を歩き回って「砂漠に日が落ちて夜となる頃　恋人よ懐しの歌を歌おうよ……」と当時流行っていた『アラビアの歌』を朗々としたいい声で歌っていたことと、「ていの奴が可哀想だなあ……」と嘆きながら息を引き取ったことだった。祖母は「我が家にお多福桜は咲きにけり　ハナ低ければ見る人もなし」という勇が作った歌をたまに得意そうに語ったものだった。

葬式の時、やせさらばえた勇の遺骸と引き比べ、肥え太った祖母の姿は、勇の親兄弟の眼に憎々しく見え、「五体満足で婿にやったのに、さんざんこき使って死なせた」となじられた。茫然自失のあまり涙も出なかったのに、「泣きもしねえ。薄情な女だ」と誤解された。

三十三歳で後家になった祖母は帰郷して農業をやるしかなかった。田舎では曾祖父が五十代で病死したばかりで、曽祖母が二番抵当に入っている家を一人で守っていた。

幸い曾祖父の弟が東京の佃煮家屋に丁稚奉公に行って婿になり成功していたので、家と田三反五畝、畑二反歩を買い戻してくれた。

「おめえらあの意気地のなさには、はらわたが煮えくりけえるわい」とさんざん叱られたが、命の恩人と感謝した。

祖母は母の尋常小学校卒業を待って帰郷し、田舎の高等小学校に入学させた。本当はとてもそんな身分ではなかったが、鳶が鷹を産んだと人がほめそやす器量良しだし、勇が「ていには医学博士の婿をもらうんだ」とよく言っていたことが頭にこびりついていた。たとえ三度の食事を二度にしてでもちゃんと教育を受けさせてやりたかった。


入学式の日、みんなは粗末な着物姿なのに、母だけハイカラな洋服を着て百貨店で買った帽子を被っていた。

掃除の時間、雑巾がなくて困っていると、傍らの女子が「これを雑巾にしろ」と母の帽子をザンブとバケツの汚水の中に突っ込んでしまった。

父親という後ろ盾を失い、暗く不如意な田舎暮しになって、母は毎晩夜空の星を見上げて涙した。

こういう中で母は向かい家の千代と親しくなった。千代は二歳年下だが、母よりしっかりしていた。色が白くて美しく優しかった。弟妹が多く、学校に行かせてもらえなかったが、独学で読み書きを修得していた。

ある日母が千代の家へ行くと蒲団を敷いて寝ていた。具合でも悪いのかと思ってきくと、洗濯をしたから乾くまで待っているのだと答えた。着物が一枚しかないのかと母は驚いた。

母は裏の機屋の三男正樹とも親しくなった。正樹は庭の蜜柑の実が黄色くなると懐に入れてやってきた。二人は縁側に並んで腰掛けて蜜柑を食べながら話をした。蜜柑はごく小粒の酸っぱい野生のものだったが美味しく感じた。

正樹は同い年でやはり高等小学校に通っていた。背が高く、頑丈そうな体格をした明朗闊達な美男子だった。

時節柄戦争の話が多く、正樹は軍人になって出世するのが夢らしかった。

母は世の中のことは何も分からず、ただ黙って聞いていることが多かった。確かに田舎の田吾作より金モールの軍服姿の男の方が格好がいい。しかし、遠くへ行ってしまう。戦死するかも知れない。正樹がいなくなったら困ると思った。

機屋とは本家と分家の関係にあるのだが、正樹の父親は一代で機屋を興し、景気がいいので本家を馬鹿にし切っていた。父親は二千円で瓦葺の立派な家を建て池や石灯籠、庭木のある庭を作り、堂々たる石門をそびやかした。

ある夕、母がホウセンカの花を咲かせて飽かず眺めていると父親が家の前を通りかかって、「フン、何だそんなもん。食えもしねえ」と嘲笑して行った。

高等小学校を卒業すると正樹は陸軍幼年学校に入学し、故郷を離れて行った。出立の時、二人だけの口約束だったが、正樹は結婚を約束してくれた。

母は野良仕事を手伝いながら近所の和裁教室に通うようになった。何とか正樹に相応しい女になろうと夜裸電球の下でコツコツと勉強を始めた。学業は不振だったので、小学校普通科教員の免許は無理だが裁縫科なら、あるいは可能かも知れなかった。それには洋裁も必要なので洋裁教室を探していたところ、ちょうど新しく洋裁教室ができた。早速行ってみると、それは徒歩十五分程の街中にあった。古ぼけた小さな家屋の表に「日本聖教会小見川教会」と墨書された看板がかかっていた。キリスト教に用はなかったので入りかねていると、玄関のガラス戸が中から開いて、「さあ、どうぞどうぞ」と臨月の腹を抱えた温和な婦人が母を中へ招き入れた。

中は幅三間奥行四間の部屋が一間あるきりで三方が素通しガラスの窓になっていて明るかった。細長い座卓を口の字型に並べて、五、六人の若い娘たちが色とりどりの布を拡げて和気藹々としていた。

婦人はまず正面の自分の席の隣に母を座らせると武川ヒデと名乗り、牧師だった夫を亡くし、二人の子供を連れて岩手県一関市からこちらの親戚を頼ってやってきたと自己紹介した。母の頼みを聞くと喜んで引き受けてくれた。

その日はちょうど日曜日だったので、一区切りがつくと卓上を片付け、聖書と讃美歌を各自に渡した。ヒデがよく通る美しい声で讃美歌を歌い出すと、みんなも唱和した。

「わが魂の慕いまつる　イェス君の麗しさよ　谷間の百合か　あしたの星か　何になぞらえて歌わん」

母は歌っているうちに涙が溢れ出てきて止まらなくなった。こんなにも美しい歌を聞いたことがなかった。

聖書の話はよく分からなかったが、ヒデが終りに出席者一人一人の名前を挙げて祈り、母のことも祈ってくれたので、また涙が止まらなくなった。

それから母は毎日曜日かかさず教会に通うようになった。

ヒデは二、三歳の男児と女児、それに未婚の姉と妹とを伴っていた。ヒデの実家は利根川の対岸にある神栖町の旅館だが、勘当されていたので小見川に嫁いだ姉を頼ってきた。

建物は借地して、余所の会堂を一日で解体し、一日で組み立てたという粗末な物であった。ヒデの姉と妹はヒデの困窮を見かねて一関まで迎えに行き、二人の子供の世話、仕立物の注文取り、配達などをして生計を助けていた。

ヒデには牧師の資格がなかったので、毎週水曜日の夜、銚子教会の牧師が十里の道を自転車で通って説教をしてくれていた。

母は夜の集会に出たかったのだが、夜盲症なので一人では行けなかった。そこで千代を熱心に誘って一緒に行ってもらうことにした。

祖母も年頃の娘が夜道を歩くのが心配でついていくことにした。

祖母はキリスト教が嫌いだったので玄関先で居眠りをしようと思っていた。ところが牧師の声は大きく、しかも要所要所でカツを入れるので、とても眠ってはいられなかった。

「求めよ、さらば与えられん。探せ、さらば見出さん。門を叩け、さらば開かれんとあります。しかし、トントンと門を叩けば、はいどうぞと開けてもらえるわけではない。門を叩いて叩いて叩き続けるならば、いつかは必ず開けてもらえるということです」

牧師の話は祖母にもよく分った。だんだん仲間になってもいいという気持ちになった。中に入ってみるとみんな親切で居心地が良かった。

二、三ヶ月後、ヒデがわざわざ家まで訪ねてきて立派な聖書を母にくれた。
「何も疑わず、ただ信じなさい」とヒデは言った。

母が聖書の第一頁を開いてみると「初めに神は天と地とを創り給《たま》えり」とあった。それで母は、ああ、自分が探し求めていた神にやっと会えたと思った。

「あなたが私を選んだのではない。私があなたを選んだのだ」という言葉も気に入った。自分を特別な存在と思いたかったからである。

それから母は毎日熱心に聖書を読むようになった。つまらない所や分からない所は飛ばして、自己流に解釈しながら、ずんずん読んでいった。

その年の九月、母は小見川教会開設第一号の受洗者になり、翌年二月には祖母と千代も受洗した。「何も疑わず、ただ信じなさい」というヒデの言葉に従ったのである。受洗してから二ヶ月後母は二度目の挑戦で小学校裁縫科正教員の試験に合格した。合格通知を受けた時、親子は抱き合って喜んだ。この家に代々伝わる呪いが解けたと母は思った。

帰郷して間もない頃、母が夜中に目覚めて便所に行こうと庭に降りると、木の下闇に月光に照らされて般若の面が浮かび上がっていた。その眼は生々しく憎しみに満ちていた。この家は呪われているという恐怖が全身を貫いた。

だが先祖の祟りも時がくれれば消えていくのだ。

翌春、母は勝浦の青年学校に赴任した。青年学校とは高等小学校を卒業した男子のうち中学校や陸軍幼年学校に進学しない者のための義務教育施設で女子部も併設されていた。

母はまだ十九歳で生徒とあまり年齢差がなかったが、純朴な生徒たちは母を馬鹿にすることもなかった。母は際立って美しく、大きな声ではっきりとものが言えた。

母が教師になって三年目に真珠湾攻撃が起こって大東亜戦争が始まった。新聞やラジオは戦勝気分を沸き立たせていた。そういう日々の中、正樹から手紙が来た。

「天皇陛下万歳

いよいよ戦争が始まって自分も出征することになりました。その前の特別休暇で結婚しようと申請した所、上官に色々ときかれ、敵国の宗教キリスト教の信者との結婚は許さんと命令されて、断念しました。この身はとうにお国に捧げているので、縁がなかったものと諦めてください」

母にとって正樹程好ましい男はこの世にいなかった。あまりのことに返事も出せなかった。

そのうち正樹は帰郷して見合いをし、即結婚して二週間の新婚生活の後出征し、たちまち船が撃沈されて戦死してしまった。

「戦死すると分かっていたから、あんたのためを思ってほかの人と結婚したんだ」

そう言って周囲の者は慰めてくれたが、母はどうしても納得がいかなかった。裏切られたという恨みが強く残った。資産家の娘と結婚したことも母のひがみ根性を募らせた。正樹の妻が女児を出産したことも妬ましかった。

母は人間や人生にいたく失望し、一生結婚しないつもりだったが、三年も経つと帰省する度に曽祖母が「婿を取らねえなら明日から仕事をしねえ」と騒ぎ立てるので、やむなく教師を辞め婿を取って農業を継ぐことにした。

同僚の女教師が赤ん坊を背負って教壇に立っているみじめな姿を見ていて、ああはなりたくないとつねづね思っていたのである。

時は第二次大戦の真っ直中にあって、すでに敗戦色が濃く、まともな男は次々と戦場へ駆り出されていった。

駅前通りには、国防婦人会、隣組、青年団など大勢の人々が集まってきて「万歳！」「万歳！」と叫びながら日の丸の小旗を振った。その人影の隙間から、頬を紅潮させたりりしい青年や妻子に未練を残した沈痛な面持ちの中年男がカーキ色の軍服を着て足にゲートルを巻いた姿で行進していくのが見えた。

父は船橋の貧乏寺の四男に生まれ、尋常小学校四年九歳で靴屋に奉公に出された。不器用で口下手な父は職を転々とし、三番目の兄が興したネジやバネを作る町工場の住込工員になった。体格が貧弱な上、強度の近眼乱視があったため徴兵検査は丙種合格つまり不合格になって、習志野工場で鉄砲玉を作らされていた。その間に路傍伝道の牧師に出会い教会へ通うようになって受洗した。

昭和十八年学徒出陣が始まった年、父秀康三十歳、母てい二十四歳は牧師の仲介によって、たった一度見合いをしただけで結婚した。父は母が美人なので一目見て嬉しくてニッコリした。母は周囲に熱心に言い寄る男が二、三人いたが皆振り切って、ただクリスチャンという理由だけで決めた。父のやせた小さな後ろ姿を眺めて、果して大丈夫だろうかという不安を感じたが、もう半ば人生を捨てていたので、ままよと思った。

当時は治安維持法があって、集会は禁止され、有力な牧師は次々と投獄された。昭和十七年には礼拝も禁止された。

それでも洋裁教室は細々と続けられた。ヒデは私服刑事がうさん臭げに窓の外を歩き回るのを尻目に、例の一人一人の名前を挙げて祈る長々とした祈りをいっかな止めようとしなかった。

生徒たちはいつ警官に踏み込まれるのかと肝を冷やし、早くお祈りが終るように念じ続けていた。

昔から肺結核は死病として恐れられていたが、戦時中は食糧難と医療不足のため病気が蔓延し、死者も多かった。貧しい家では患者を家の隅の物置のような部屋に寝かせ治療も受けさせなかった。

そういう家族からも見捨てられ、ただ死ぬのを待たれている病人をヒデはしばしば見舞い、身内のように語りかけ、聖書を読み讃美歌を歌い、お祈りをした。

生徒たちはその室内の暗さ、みじめさに胸を突かれ、二度と行こうとしなかった。千代だけは、涙を流して感謝する病人の姿に感動し、ヒデと二人、吸い寄せられていった。

そのため千代も肺結核に感染し終戦の年の十二月、二十四歳の若さで亡くなってしまった。千代は火の気のない離れの物置にボロ蒲団にくるまって寝ていた。いよいよらしいという知らせに枕許には教会関係者が大勢集まってきた。

千代は激痛に耐え抜いた清らかな顔をして喘ぎ喘ぎ声を絞り出して「天国で待っていますかんね」と言って絶命した。

終戦になると礼拝は再開され、ヒデの大活躍によって教勢は盛んになった。ヒデは自分自身とても貧乏なのに、困っている人には惜しみなく分け与え、身の上相談、仲人など親身になって人の世話をした。しかし、腸結核になっていて、数年後には入院しなければならなくなった。ヒデは千代の死から五年後、クリスマスイヴの夜に亡くなった。末子は中学生になっていた。ヒデの死は周囲の者に太陽が落ちたような衝撃を与えた。それでも教会は存続し、三人の遺児たちも、それなりに一人前になっていったのである。

父は東京から田舎のあばら家に喜び勇んで婿入りし地元の練炭工場に就職した。祖母と母は農業をし、曽祖母は家にいて家事をした。まずまず人並に生活していたが、父が失業した途端に長い耐乏生活が始まった。

祖母や母は若死にした祖父に似た兄や病弱な妹ばかりを可愛がって丈夫な麦子を憎んでいるふしがあった。兄や妹が食が細くはかばかしく成長しないのと引き比べ、食欲旺盛な麦子一人は食糧を食い尽し、メキメキ成長していくかに見えたのである。曽祖母だけが麦子に目をかけてくれたので、自然と麦子は曽祖母について回るようになった。曽祖母はとしよと呼ばれ野良仕事を免除されていた。麦子はとしよと庭掃き草取り雑巾がけをし、近くの城山《じょうやま》に薬草採りに行った。山の上からは田畑が整然とどこまでも広がっているのが見渡せた。人々が土地に愛情と命を注いでいるのが分かった。

麦子の胸にはそのたゆみない勤労への強い共感が湧き上がった。家の中にはいつも鉄瓶から立ちのぼる煎じ薬の匂いが充満していた。

ある日麦子がとしよに習って身の丈に余る竹箒を使っていると、門前を二人の老婆が通りかかった。

「ほうれ、見てくれや。おらいの孫はまだ三つだというのに『世間の人に笑われる』と言ってな、せっせと庭掃きをするんだど」

としよが大声で孫自慢をすると、文ちゃんらいの祖母ちゃんが情愛のこもった眼で麦子を見て、「おめえはいつ見ても感心だなあ。まだ小せえのによお。おらいの孫には小遣いをやったことがねえけんど、ほら、おめえには小遣いをやるど」と言って財布から十円玉を二個取り出してくれた。大金である。アンパンが二個買えた。

としよは祖母や母から粗末にされていたが、何をされても黙ってじっと耐えていた。それで麦子もついいい気になってとしよを馬鹿にしたことがあった。するととしよはスックと立上がり恐い顔をして激しく麦子を叱った。

今まで見たことのない姿だった。

地味な袷を着て八百屋のような前掛けをしたとしよの骨太な体には犯しがたい威厳があった。麦子は心底から後悔した。

としよの部屋は奥の床の間の裏側にあって、黒塗りの土壁と雨戸に囲まれ、いつも雨戸が閉ざされていた。鉄の輪がついたタンスと黒い長持ち二棹の間に嫁入り以来一度も干したことがない藁蒲団が敷かれ、直方体の堅い木の枕が三つ四つ転っていた。たまに麦子はとしよの蒲団に一緒に寝た。掛け蒲団も重たく湿っぽかったが、少しも汚いとは思わなかった。

暖かい春の日、麦子が縁側で日向ぼっこをしていると隣家のオンドリが時を告げた。妹は母と松戸に行っているけれど、ちっとも羨ましくないなあと思った途端、胸の中で音楽が鳴り出した。それは無垢の魂にだけ神の恩寵として授けられる天上の音楽だった。全身が歓喜に溢れた。それはその後もう一度だけ麦子の胸に訪れた。雨上がりの午後、裏庭にあるビワの大木の枝に掛けたブランコに乗っていた時だった。庭の木々の葉が夕陽に照らされて燦然と輝いていた時起きた。それは長く、街中に歩きだしてからも三十分以上も続いていた。

後に麦子は西洋のある詩人が『音楽』という詩の中で麦子とまったく同じ体験を語っているのを発見した。

初冬の筑波颪が吹く日、祖母と母は学齢前の三人の子供をリヤカーに乗せて街向こうの田圃へ連れて行った。子供たちはリヤカーの中で一日中寒風にさらされ、帰宅した時には全員発熱していた。としよは例によって「せっかんだ、せっかんだ、せっかんだなあ」と騒ぎ立てた。そこへ父が帰宅した。祖母はこの時とばかりに怒りを父にぶつけていった。

「父ちゃんらあが子供を甘やかすから言うことをきかねえ。ええで待っていればいいものを、ついてくるから、見ろ、風邪を引いちまっただ」

父が黙っていると、祖母はかさにかかってさらに言い募った。

「でえてえおめえのような男はな、おらいのええの婿にしておくような男ではねえ。死んだ祖父ちゃんは医学博士の婿をもらうんだと言っていただ」

父は顔色を変え、全身をワナワナと震わせて別人のようになって怒った。

「そんなら俺は出ていく。たとえ野垂れ死にするともな、こんな家にはいたくねえ。子供を三人とも全部連れて行く」

父はハラハラと落涙した。

麦子はこれは大変なことになったと思った。気のきかない父と二人で船橋、亀戸、松戸と親戚回《めぐ》りをして、喉はカラカラになるわ、迷子にはなるわとさんざんな目にあっていた。実家ではお嫁さんに玄関払いを食わされ、佃煮屋では小太りの小父さんは麦子には小皿にウグイス豆をよそって食べさせてくれたが、父にはお茶一杯出さなかった。やっと食堂に入ると、父はコップの水を一口飲んで「この水には砂糖が入っている」と言った。

麦子はそんなはずはないと思った。父と家出をしたらお仕舞いだ。

母が懸命にとりなしたので、何とかその場は収まったが、麦子の隣で寝ている父の頬には幾筋も涙が流れていた。母が父の耳許に何か囁く声が続いていた。麦子は子供心にも祖母は間違っていると強く思った。

としよは「父ちゃんはおらいのええのイェスキリスト様だかんなあ」と言って父を高く買っていたが、祖母はいっこうに風采の上がらない、うだつの上がらない父を嫌悪し、何かにつけては父を責めていた。

父は頬骨が高く目はくぼみ、ゴッゴツした細面に分厚い眼鏡をかけていた。訥々と小声で話すから、何を言っているのか分からない。小心者で、とうてい人の上に立てる男ではなかった。

しかし、両親は互いに相手を神様から与えられた伴侶として尊重しあっていた。

いつでも母は決して父を馬鹿にしなかった。父も母が世間知らずで高慢な、思慮分別のない、だらしのない女でも、いっこうに気にしなかった。父は弁当の中味が麦飯と沢庵一切れでも、一言も文句を言わない男だった。

両親は毎晩仕舞湯に一緒に入った。母は上がりがまちに着物を脱ぎ捨て、太り肉《じし》の桃のように奇麗な尻を見せて、いそいそと父の後に続いた。しばらくすると風呂場から、父の別人のように流暢な大声が流れてきた。それで、家全体がユサユサと揺れる大嵐の夜も麦子は安心して眠れたのである。

麦子にとって母の嫌なところは、人と会うと必ずその直後に器量の良し悪しを言うことだった。それがまるで人間の価値を決める最重要事でもあるかのようだった。さらに「器量がいい」と呟く母の口吻には、自分には人を評価する決定権があるという思い上がりがあった。

もっと嫌なのは来客に対する母の態度だった。突如として母の眼にも室内の乱雑さが見えてきて「まあまあ、散らかってまして」と大変恐縮した。子供たちをおだやに追い払い、座敷とおだやを何度も往復して茶菓を運ぶ母の体からは強烈な腋臭が発散してきた。恥ずかしい、恥ずかしいという母の気持ちがジンジンと伝わってきた。貧乏を他人の眼にさらす恥である。

客が帰ると子供らは歓声を上げて菓子鉢に飛びつき、母は今帰ったばかりの客の悪口を言い立てた。

「何てあつかましい」「ずうずうしい」「損をした」

そういう母の言葉は麦子の胸を深く突き刺した。世間の人も皆、母と同じように考えているとしか思えなかった。他人が恐ろしくなり、よその家に行くと口もきけなくなった。いくら優しく「お上がんなあ」と勧められても、菓子に手が出せなかった。

母はそういう麦子を見て、このままではこの先どうなることかと無理をして麦子を幼稚園に入れた。それが麦子の苦難の人生の始まりだった。


二歳年上の兄が小学校に入学した時は、どこでどう工面したのか、母は兄を坊ちゃん刈りにして慶応服を着せた。町一番の金持ちでさえ、わが子にそんななりはさせなかった。入学式の帰途、兄は悪童らに「生意気だ」と殴られた。そのため大金をはたいて誂えた服も二度と日の目を見なかった。

それとは打って変って、母は麦子にはかまいつけず、ボロを着せて幼稚園にやった。

「ほおれ、モンズの巣のような頭をして」ととしよは麦子の頭に手をやったが、何もしてはくれなかった。

幼稚園は街の真ん中、小学校の敷地内に建てられていた。一教室だけで十数人の園児がいた。園児たちはよく「だいじん」という言葉を口にした。金持ちが貧乏かで人を選別するのである。特別上向きの鼻孔の大きな女子がいて「可愛い子だけおいでよ」と言って、いつも麦子を仲間外れにした。

弁当の時間になると貧富の差が歴然とした。麦子の知っているキュウリは、畑にゴロゴロ転がっている黄色くて腕より太いものだったが、友達のは濃緑色をした細くて小さいものだった。「あたし、キュウリ大好き」と言って得意そうにキュキュッと音を立てる女子がいた。

麦子の家では卵一個を小麦粉と水で溶いてフライパンで焼いたのを七人で分けて食べていた。友達の弁当箱の中にある鮮やかに黄色い卵焼きは眼に痛かった。

ある朝、麦子は腹痛がして、飲まず食わずで幼稚園に行った。昼になって弁当を開けると、麦飯の端にカリカリに炒った大豆が入っていた。食べられるわけがない。麦子がハッとして蓋をすると、男子が目敏くそれを見つけて、「先生、麦子ちゃんが残したど」と鋭く叫んだ。麦子は思わずポロリと涙を落とした。先生が「残さないで、ちゃんと食べましょうね」と優しく注意しただけだったので、麦子は助かった。

園庭で砂場遊びをする時間、麦子の手にスコップやバケツが渡った例しがなかった。仕方なく枝切れで砂をかき集め山を作っていると決まってきかん坊がやってきて、山を踏み潰し、蹴散らしてしまった。

麦子はいつもブランコに乗れなかった。

「さあ、ブランコに乗りましょう」

先生が声をかけると、みんなは引き戸に殺到して腰掛け板と鉄の鎖をジャラジャラと引っ張り出した。麦子はその勢いの波に入っていけなかった。

ある日たまたま麦子にも腰掛け板と鎖が回ってきた。やれ嬉しやと思ってブランコをこいでいると、いきなり男の子が後ろから麦子の背中をどやしつけて地面に突き落とした。この時ばかりは麦子も大声を上げて泣き出し、いつまでも泣きやまなかった。遠くに立っていて少しも見ていない先生は、仕方なくヨチヨチとやってきて、麦子をブランコに乗せ、ずっと寄り添ってくれた。

ある朝、先生は黒板に日の丸の旗を描いて「明日はおめでたい日です」と弾まない声で言った。それから「明日は一番ボロな服を着ていらっしゃい」とも言った。

翌朝麦子は母に頼んだ。

「一番ボロな服をくれ」

母はそのわけも聞かず無造作に押し入れからよれよれの古い服を取り出して麦子の前に放り投げた。

「違う。もっとボロのだ」

麦子はそう叫んで奥の部屋の行李から見るも無残なボロを引っ張り出してきてそれを着て登園した。麦子の家では捨てるしかないボロばかりが大量に貯蔵されていた。

みんなはいったいどんなボロを着てくるだろうと期待したのに、いつもと同じ服装だった。ただ一人言いつけを守った自分を先生がほめてくれるのを今か今かと待っていたが、それはなかった。麦子は何が何だか分からなくなって頭がボーッとしてしまった。

麦子は「花いちもんめ」が大嫌いだった。いつも最後の一人になるまで名前を呼ばれないからである。

二組に分かれ、横一列になって向き合い、「会って嬉しい花いちもんめ」と歌いながら前に進んで踵をチョンと突いて後ろに下がる。

「あの子が欲しい」

「あの子じゃ分からん」

「この子が欲しい」

「この子じゃ分からん」

「加代ちゃんが欲しい」

「ジャンケンポン」

加代はもらわれていった。だんだん麦子の向かい側の人数が増え、こちら側は減っていって、とうとう二人だけになった。見ると真向かいの剛君の眼が獲物をなぶるような残忍な色を湛えて鉛色にテラテラと光っていた。見渡すと全員が同じ眼をして、ドッと吹き出したいのをこらえていた。麦子はたった一人になって涙をこらえ、ヨロヨロと前へ進んだ。

「会って嬉しい花いちもんめ」

翌朝麦子が目覚めると、障子は明るくなっていて「麦子ちゃん、出かけましょう」とまあ坊や文ちゃんが口々に呼ぶ声がした。しかし体が鉛のように重くて起き上がれなかった。「まあだかあ」とせき立てられ、仕方なく着替えたが、どうも気が重かった。思い切ってやっと「俺、幼稚園へ行かねえ」と言ってみた。

母は憤然として金切り声を上げた。

「なけなしの財布をはたいてやっとやってるのに、親の苦労を有難えとも思わねえで」

すると、囲炉裏端で難しい顔をして新聞を読んでいた父が飛んできて麦子に殴りかかってきた。体がバラバラになるかと思った。初めてのことだった。

「どうだ、幼稚園に行くか」

父は居丈高になって麦子に命令した。麦子はいよいよ口をひん曲げた。暴力で人を支配しようとする態度が許せなかった。父が再び拳を振り上げたので、やむなく麦子は立上がり、木のサンダルをはいた。もうこれ以上殴られるのは嫌だった。謝りもしないで黙って歩いている麦子に誰も文句を言わなかった。あんなに痛かったのに、体はどこも傷んではいなかった。その沈黙の中で麦子は苦難から逃れられないことを悟った。

それでも麦子は母を愛していた。いつだったか、台風が近付いていて生暖かくけだるい午後、みんなが畳にグッタリ寝転んでいると、母が財布を引っ繰り返して五円玉がコロンと一個転がり落ちたのを見て溜息をついた。その時麦子は、母ちゃんの財布をお金で一杯にしてあげたいと強く思ったものだった。

麦子は一九五四年四月、小学校に入学した。自分が人並の能力を持っているかどうかが問題だった。まず入学式前に鉄棒にぶら下がり、逆上がりをやってみた。楽々と一発でできた。校庭で入学式がすんでから各教室に分かれて、くたびれた顔をしたお婆さんの先生の話を聞いた。ちゃんと先生の説明が分って、指示された通りにできたので安心した。

麦子はやる気満々、気力が充実していた。毎日下校すると庭の草取り雑巾がけをすませてから、ちゃぶ台を拡げ帳面の真っ白い枡目に一字一字平仮名を埋めていく作業に集中した。もし傍らに先生がいてくれたらどんなにいいだろうと夢想した。

近所には同じ年頃の子供が沢山いて、よく野山を一緒に遊んで歩いた。

一度勝利《かつとし》君の家に勉強をしに行ったことがあった。途中で鉛筆の芯が折れた。小刀がないので台所に行って包丁を取り出してみると赤錆びて刃がこぼれていた。この家では大根や薩摩芋を畑から掘ってくると、井戸端で泥を洗い流して、そのままかじるのである。満州から命からがら引揚げてきた家だった。父親はカエルを焚火であぶって皮をむいて子供に食べさせていた。麦子も恐る恐る食べてみたが、鶏肉のような味がした。

秋の運動会が近付いて、クラス対抗百メートル走の選手を決めることになった。麦子は走るのが得意だった。腕を激しく振って風を起こし、左右の人を後ろに追いやっていった。倉田幸江と麦子の二人が女子代表になった。「あんたとあたしね」幸江はそう言って麦子の小指をキュッと握った。幸江は色白細面の黒い奇麗な眼をした女の子だった。頬の産毛が光って眩しかった。

それから数日後、運動会の前日になって先生は困った顔をしてみんなにきいた。

「運動会の選手誰だっけ？　先生、忙しいから忘れちゃっただよ」

すると男が二人、女が三人挙手した。幸江と麦子、律子の三人である。

律子は新開橋の袂に金看板を掲げた呉服屋の総領娘でクラスの女王的存在だった。身なりが良くてハキハキした利発な性格なので、ガラガラ声でオオカミのような容貌なのに可愛いと言われていた。掃除の時間、律子が雑巾をすすぎにくると、水汲み係がサッと新しい水に換えた。

「先生、麦子ちゃんが嘘をついているんだど」「わりいな」「わりいな」

あちこちから麦子を非難する声が上がった。幸江までもが、代表は麦子ではない、律子だと証言した。気が付くと机や椅子は両側に押しやられ、クラス全員五十人が麦子を取り囲んでいた。「嘘つき」「謝れ」みんなは激しく麦子に詰め寄ってきた。麦子の頬は冷たくなり、頭はしいんとしてきた。胸が動悸を打って苦しい。だが、どうしても自分の言葉を取り消せなかった。

「麦子ちゃん、あんたは本当に選手ですか」

とうとう先生がやってきて、麦子の眼をじっと見た。真剣な眼だった。麦子は涙を湛えた眼を上げて、こっくりと頷いた。

「分かりました。代表は幸江ちゃんと麦子ちゃんです」

先生がそう宣言すると、不思議なことにあれほどの騒ぎはピタリと静まって、もう誰も文句を言う者はいなくなった。

運動会の当日、クラス対抗百メートル走で麦子は二位になった。家に帰ると、としよが庭先に立っていて、賞品の鉛筆を見せると眼を丸くして驚いた。

「そうか、おめえはやっぱし、てえしたもんだ。今度は一等になるんだど」

一年生の終業式の日、麦子は準優等賞をもらった。優等賞は律子だった。下校するととしよが庭先に立って待っていて、賞品の帳面を見ると、眼をみはって喜んだ。

「そうか、やっぱしおめえはてえしたもんだ。偉くなれ、偉くなれ。偉くなって御殿のようなええを建てて、おんらあに楽をさしてくれや」

その言葉は終生麦子の胸にとどまった。決して怠惰であってはならない。つねに努め励まなければという心の姿勢ができた。

二年生の始業式の日に優等生制度が廃止されたと聞いて、麦子は下校するなり蒲団をかぶって口悔し泣きをした。今度こそ律子を追い抜いて優等になってやろうと決心していたからである。

しかしいいこともあった。新しい女の先生は、うっとりと聞き惚れて時の経つのを忘れるような国語の授業をしてくれた。作文指導にも熱心で、自由に書かせてから添削をし、良い作文を読み上げ、どこがいいのか生徒に言わせた。麦子の作文はよく読まれた。麦子は書くのが好きになって、夏休み海水浴に行った思い出を作文帳二冊に書いて先生を驚かした。

先生は足首が象のように太く、鼻は大きくて高く、眼は細くつり上がっていた。

「きつくて誰もらい手がないんですよ」と富山の置き薬屋が陰口を叩くのを麦子は憤りを持って聞いた。

父は郵便局員になろうとして試験を受けたことがあった。問題は易しく満点を取れた自信があったのに結果は不採用だった。わけを探ってみるとコネがないと駄目と分かり、父は逆上して真夜中に短刀を持って郵便局長宅へ向かった。母が心配しながら待っていると父は家を探しあぐねて、しょんぼり帰宅した。

それがこの四月、町内の酒・食品卸問屋に倉庫番として採用されたのである。月給は一万数千円。酒ビンなど重い荷物をトラックに積み下ろしし、夜遅くまで在庫管理、帳簿付けをした。貧弱な体格の父にとって過重な労働だったが愚痴も言わず、就寝中にギリギリと歯ぎしりをするだけで耐えていた。

それで松戸からの送金を辞退し、今までのお礼に毎年夏休みには子供たちを家に招待しようということになった。

夏休みに入るとすぐ松戸から従姉が二人やってきた。そこで裏の機屋のお祖母さんと中学生の孫娘も誘って総勢九人で波崎へ海水浴に行った。麦子は生まれて初めてアイス最中を食べて、世の中にはこんなに美味しい物があるのかと思った。誰も泳げる者はなく水着もなくて下着姿になり、子供はズロース一枚になった。松林があって白い砂浜もゆったりと寄せてくる波も暖かかった。ハマグリ採りの名人がいて、大きな麻袋に三つも詰め込んでまだ採っていた。麦子たちも小さな熊手で掘ってみたが一つも採れなかった。それでも磯の香り波の轟が胸をワクワクさせた。

中学生の従姉はもう体も大きくて美しい言葉をとても優しい調子で話すので、麦子は憧れを感じた。小学生の従姉は井戸端にたらいを持ち出して、洗濯板にゴシゴシ衣類をこすりつけながら、「あたし、洗濯大好き！」と笑った。白く泡立っている水が日の光に眩しくきらめいた。

二人が帰ってしまうと薄ら寒い風が家の中を吹き抜けていくような侘しさが残った。

次の夏休みには松戸から四人も子供がやってきた。次女と弟三人である。

今度はなぜかあしか島に行った。岩がゴロゴロして足裏が痛くておちおち歩けなかった。おまけに寒くて震えるようなので水族館へ回った。「麦子は遠足で見たから、いい」と言って母は麦子だけ中へ入れてくれなかった。金がないのだと察しはついたが、母と二人薄ら寒い風の中で何時間も外のベンチに座って待っているのは辛かった。

十日経っても従弟たちが帰ろうとしないので、母はイライラして麦子にだけトゲトゲしく当り散らすようになった。花火大会に出かける時、母は麦子の体を乱暴にグルグル回して叩きつけるように浴衣を着せた。側で見ていた従姉が面白そうに笑ったので麦子の屈辱感は募った。甘やかされて育った従弟達はわがままで遠慮がなかった。ある日とうとう麦子は「早く帰れ！」と叫んでしまった。翌朝従弟達は早々に帰って行き、二度とこなかった。このことを思い出すたびに麦子の胸は痛んだが、ギリギリの生活をしているところへ子供四人で押しかけてきて一夏過ごそうとするのはどだい無理だった。

家は相変わらず貧乏だった。ある朝麦子が起きるとおだやは出払っていてちゃぶ台には汚れた食器が散らかり、おひつは空だった。隣室で寝ている母を揺すって、「母ちゃん、食べる物が何もないよ。弁当にパンを買うからお金をちょうだい」と頼んだ。母は顔をしかめうるさがって枕の下から財布を出すと十円玉を一個くれた。パン一個では恥ずかしい。しかし、いくら頼んでもどうしてもそれ以上はくれなかった。麦子は学校前のパン屋に寄って、「明日もう十円持ってくるからパンを二個売ってください」と勇気を出して頼んでみた。小母さんは小父さんと小声でちょっと相談すると、三角形の黒パンを包丁で二つに切って白い紙袋に入れてくれた。

母は日曜礼拝と十分の一献金さえ守っていれば神様は祈りを叶えてくださると信じていた。月給一万円から千円献金するのは並大抵のことではない。麦子がチリ紙を買うからと金を請求すると五円しかくれなかった。学校前の文房具屋に行くと、「一束二十円だから十円なら半分売ってやれるけど、五円じゃ売りようがない」と断られた。母は帳面を買うお金は惜しまなかったから、嘘をつくか金を貯めるかすればいいのだが、麦子にはそんな知恵はなかった。あっさりとチリ紙を買うのを諦め、いつも鼻汁の始末に困っていた。

「人間は裏切るから愛しても無駄だ。変らない愛で愛してくださる神様だけを愛するんだ」というのが母の信仰だった。

母は農閑期には奥の間の板盤の前に座って縫い物をしていた。顔は日焼けしてシミやシワ、たるみがあって若さや美しさがなくなっていた。また四十前なのに一生が終った老婆のように

「まったくねえ……」と溜息をつきながら失われた時を嘆いていた。麦子はふと母に寄りそいたくなって、その背中に自分の背中を合わせた。すると母は顔をしかめ、「ああ、暑苦しいなぁ！」と邪険に麦子を払いのけた。麦子は自分が愛されていないことを悟った。

としよは東京にいる娘から小遣いを貰うと一斗缶入りの飴玉を買ってきて一人で一日中しゃぶっていた。母はそんなとしよに腹を立てていたが麦子はとしよの唯一のささやかな楽しみを守りたかった。

土砂降りの雨の日、寝込んでいたとしよがいつになく麦子に「こおれんが食いたい」とせがんだ。麦子はためらわずすぐに町はずれの手焼き煎餅屋に出かけた。看板も出ていないみすぼらしい店だった。小母さんは新聞紙で作った袋に煎餅を入れて渡してくれた。雨は激しく、麦子は紙袋をしっかり懐にしまい込んで帰った。道は遠く、体はずぶ濡れになってとても辛かった。としよの枕許に行くと「ありがてえ」ととしよは首をもたげて紙袋を受け取って、また蒲団の中に潜り込んだ。麦子には一枚もくれなかったが別に不満はなかった。としよにはこれまで何一ついいことがなかったが、自分にはこれからいいことが沢山あるような気がした。

としよはしばしば頭痛を訴えたが、それはいつも無視されていた。それがたった一度だけ往診を頼んだことがあった。としよと麦子は縁側に並んで腰かけて医者がやってくるのを待っていた。医者は自転車の前に往診カバンをかけてやってきた。だが朽ちた黒い門柱の前まで来ると「お婆さん、それだけ長く生きたら、もういいでしょう」と言うなりクルリと向きを変えて帰ってしまった。

「あんまり人を馬鹿にすんな！」

としよはスックと立上がり、大声で怒鳴った。後でその話を母にすると、母はさも医者に同感するかのように笑った。

としよは八十歳になっていた。昔のことをあれこれ思い出しては借りた物を返して歩くようになった。「そんな昔のことは忘れたから、もういい」と断られても承知せず、無理矢理十円、二十円、小豆を五合などと押しつけてきた。

夏の暑い盛り芍薬畑の草取りの最中、蜂に刺されてから、としよは寝付いてしまった。

常日頃おだやかに並んで食事をしながらいがみ合い掴みかからんばかりだったのに、祖母は一変してまめまめしい看護人になった。寒中夜中に麦子が物の気配に目覚めると、雨戸を開けて祖母が黙々と下の世話をしていた。しかし不思議と飲食物を与えられているのを一度も見たことがなかった。

真冬の夜、祖母がとしよを背負って風呂場へ連れて行き体を洗ってやっていた。としよは無表情無言のままじっと自力で立っていた。としよの腹はえぐられたように大きく縦に皮がたるみ、腰には赤ん坊の頭ほどもある床ずれができて赤く腫れ上がっていた。麦子は、ああ、としよはもうじき死ぬのだなと思った。

麦子は四年生になった。始業式の前夜、母は教会のバザーで買ってきたカナダ人の着古したオレンジ色のセーターを麦子に渡した。伸び切った透かし編みで、腋の下が大量の汗を吸って毛ば立っていた。麦子はゾッとしたが、拒絶するにはあまりにも母を愛していた。着てしまえば自分の眼には入らないから、あまり気にならなかった。

始業式の始まる前、校庭に生徒がばらけていると、コツンコツンと麦子の頭に何か固い物が飛んできた。見ると大楠の下の方から二人の男の子が「デブ!」「ブタ!」と叫びながら麦子めがけて小石を投げていた。一人はソバカスだらけの醜い河童顔をした伊藤呉服店の末っ子で、もう一人はおとなしそうな器量良しの原野精米店の息子だった。今度はクラスのメンバーも担任もすっかり変った。この二人とは同級生になってしまった。担任は一年の時と同じお婆さんの先生になったので麦子は落胆した。

「デブ!」「ブタ!」

言葉の飛礫がその日からひんぱんに麦子の背中に投げつけられるようになった。麦子はこれを誰にも言えなかった。自分の体を恥じるようになり、人前に体をさらけ出す体育が嫌いになって休み時間に外で友達と遊べなくなった。みんながドッチボールなどをやって歓声を上げているのを横目で見ながらたった一人教室に残って、読みたくもない学級文庫の本を拡げて活字に目を曝した。そうしているうちに本当に肥ってきた。すると先生がこれから毎月体重測定をすると言い出した。例の特別上向きで大きな鼻孔の女子はほかのクラスだったが、突然肺結核のため死亡した。毎月体重測定をしていれば未然に病死を防げたというのが先生の考えだった。デリカシーに欠ける先生は目盛の数字を大声で読み上げた。麦子の番になるとシーンと室内は静まった。

「四十二キロ！」

先生が叫ぶと、あちこちから「すげえ」と囁く声がした。それで麦子は明日は体重測定という晩になると気が重くなり、とうとう学校へ行けなくなった。朝家を出たもののどうしても足が進まず、道端にうずくまっていると民生委員のお爺さんが通りかかって声をかけ、麦子を家へ連れて行った。母は家にいた。母に問い詰められてわけを話すと、母は麦子と一緒に登校して、廊下に出てきた先生に何かヒソヒソ話して帰って行った。その日から先生は麦子にだけ聞こえるように数値を読み上げるようになった。しかし、体重測定が苦痛であることに変りはなかった。もう一人胎児性梅毒のため全身に赤紫色のカサブタがあって、人前に体を晒すのが苦痛な女子がいた。ズロースがボロボロで人に見せられない時、麦子はその子と二人後に残って体重測定をした。

洋裁学校しか出ていない先生は教科を教えられなかった。朝土間に履物が散乱していると、その日は一日中その説教で終った。くどくどと繰り返し長々と話し続けた。「掃除、整理整頓、思いやり。この三つさえちゃんとできれば立派に生きていける」と先生は口癖のように言った。その三つとも麦子の家にはないものだった。母は毎朝脱いだ衣類を表座敷の真ん中に山にしておいた。としよが掃かないで雑巾がけをしていると怒って砂でジャリジャリの雑巾を叩きつけていた。

友達と遊ぶことも話すこともなくなった麦子は次第に本の世界にのめり込んでいった。役場の隅にある暗くて狭い物置のような図書室には、童話、世界名作、偉人伝などがあった。昔読んだ童話の末尾には「それから二人はいつまでも幸せに暮しました」とあったが、そんなはずはない、それから先が知りたいと思った。どうしたら幸せになれるのか知りたかった。

六月の初め、下校すると母からとしよが死んだと言われ、街まで香水を買いにやらされた。表座敷には白黒の幕が張りめぐらされ、室内はすっかり取り片付けられて、まるでよその家に来たようだった。部落の人がチラホラ神妙な顔をして集まって来ていた。小さな座棺に入れられたとしよは、シワもシミもなく、色白細面の顔に優しい笑みを湛えていた。麦子は、としよはこんなにも美人だったのかと驚いた。臨終の枕許にいた祖母の語るところによると、としよが極楽往生したことは間違いない。「ああ、迎えの舟が来た。笛や太鼓の音がする。ああ、有難え、有難え。皆さん、行ってまいりますえ」とニッコリ笑って息を引き取った。死亡診断書には脳軟化症とあった。

通夜の晩、弔問客に囲まれて、母は俄かにワッと泣き伏した。麦子はそういう母を白々しい思いで見ていた。少しも悲しくないのに悲しんでいるふりをしている。優しい女を演技しているのがはっきり分かった。

としよは村外れの池の端にある女だけの小さな墓地に土葬され、土饅頭の上に「千葉とく八十一歳　我等の国籍は天にあり」と墨書された白木の柱を立てられた。

としよは祖母や母を信用していなかった。後日裏の機屋のお祖母さんが「裏庭の茅の木の枝に財布を縛りつけておくから、俺が死んだらそれを念仏の仲間にやってくれ」と頼まれていたので、その通りにしたと母に打ち明けた。

母は教育熱心なところがあって、学習雑誌を定期購読させてくれた。月一度駅前の書店主が自転車の前カゴに本を三冊入れてやってくるのを麦子は楽しみにしていた。内容が充実していて、とても参考になった。三菱財閥の創始者岩崎弥太郎の孫娘沢田美喜がエリザベス・サンダースホームを建てた話、インドのネール首相が娘インディラに贈った手紙、フィリピンのマルコス大統領とイメルダ夫人の話、チャーチル首相の結婚話等が心に残った。一つだけ忘れられない詩があった。一人の少年が山の小径を下っていると少女とすれ違った。その瞬間、少年の胸に鋭い痛みが走ったというものである。その詩を読み始めると、麦子はたちまち、その山道を歩いている少年になってしまった。

一学期の終りに、視聴覚教室で人魚姫の幻燈を見せてもらった。語り手は例の名調子の先生だった。麦子はかつて経験したことのない恋の情念にしびれた。恋に破れた人魚姫は海に身を投げ、たちまち海中の泡となり、やがて空中を永遠にさ迷う空気の精となった。王子の死後も永遠に続く恋とはいったいどんなものであろうか。

夏休みになってから父の二番目の兄の長男が狩猟のついでに家に寄った。町工場は景気がいいらしかった。東大を目指して東大の教官を家庭教師にして三年間浪人した揚句、諦めて立教大学に入学したばかりだった。真昼の陽光を遮って彼の都会的な容姿が出現した途端、麦子は体中がくすぐったくなって、コロコロコロコロと笑いがこみ上げてくるのどうしようもなかった。母と話しながら日焼けした筋骨たくましい腕をグッと曲げて見せた力瘤に麦子の目は吸い寄せられた。

夜従兄は妹と一緒に風呂に入った。妹が可愛い顔をしているからだと麦子は思った。

「馬鹿やよう」と、風呂場から妹が叫ぶ声がしてきた。

妹は知的障害があるらしく、いつまでも幼児語のままで、まともな話し方ができなかった。祖母や母が甘やかしてそれを助長したふしがあった。勉強もまるで駄目で教えようがなかった。いったいどこまで馬鹿なのか、麦子は好奇心を起こして確かめたことがあった。

アメ玉が六個あった。麦子が四個取って二個を妹に渡すと、妹は怒って一個を取り返した。それ位の計算はできるのだ。

また、妹の作文はまとまりがつかなくてわけが分からないので、全部その上に線を引いてしまった。すると妹は泣いて怒った。ちゃんと誰からも犯されたくない自分の世界を持っているのだ。

顔を見ることも言葉を交わすこともなくとも、としよが家の奥で生きているだけでよかった。

死なれてみると麦子はたった一人になってしまった。もう誰も麦子を気にかけてくれる人はいなかった。

二学期の音楽の時間、三拍子と四拍子のリズムの違いを体得するためにピアノに合わせてステップを踏んで教室内をグルグル回ったことがあった。周囲の壁には著名な音楽家の肖像画がグルリと並んでいた。白いふさふさしたカツラをかぶり、高くて大きな鼻をした横顔ばかりだった。ずしりと沈静した自信に満ちた表情をしていた。

大きな鏡もあって麦子が見ると、一人だけ青黒い顔をした女子がいた。それは自分だった。まるで生者の中に亡者が紛れ込んでいるように見えた。

秋もたけなわになると庭に赤、白、黄、混じりとポンポンダリアが見事に咲いた。

「ダリアの葉は毒だ。ある婆様が芋をふかしてダリアの葉にくるんで孫に食わせたら、コロッと死んじまったんだと。それで婆様は、ああ、俺ももう生きてはいらんねえと芋をダリアの葉にくるんで食って死んじまったんだと」

としよの言葉が麦子の耳に蘇ってきた。そうだ、ダリアの葉っぱで死のうと決心した。家には誰もいなかった。麦子は大きなアルミの柄杓を井戸水で満杯にして、ダリアの葉を絞って汁をたらした。青臭い匂いがしてたちまち水は濃緑色に変った。舌先でなめてみるといかにも毒らしく苦かった。麦子はそれを庭先に捨てた。これで十分死ねるはずだった。縁側に仰向けに寝て死の訪れをじっと待った。しかし、いつまで待ってもそれはやってこなかった。むっくり起き上がった時にはもう死ぬ気はなくなっていた。

あれは仲秋の名月の晩だったのだろうか。麦子が風呂につかっていると急に周囲が白金色に輝き出し、胸に感謝の思いが満ちてきた。聖霊が下ったのだ。麦子は父のことを思った。到来物にありついて、みんなが歓声を上げて飛びつこうとする瞬間、父はいつもスウッと身を引いてその輪から抜けていた。みんなはそれにおかまいなくガツガツ食べていた。毎晩父に夕食の弁当を届けるのは麦子の仕事だった。街灯もない暗い夜道を通るのは夜盲症の麦子にとって堀に落ちる危険があった。恐る恐る道を辿ってやっと父の待つ小さなドアの窓から黄色い光が洩れているのを見るとホッとしたものだった。父は弁当を受け取ると、たまに蜜柑や今川焼を一個くれた。父が空腹を抱えていることは麦子にも十分察しられた。自分が食べたいのを我慢してくれたのだ。帰りの道々、それを食べると、その美味しさは例えようもなく、屋敷森の樫の大木がゴウゴウと叫ぶ恐ろしさも遠のいていった。父は家族のために命を捧げている。何と有難いことだろう。麦子の心に再び生きる力が湧いてきた。

麦子が下校するといつも家は空っぽで暗くなっても誰も帰ってこなかった。麦子は風呂場の外に回って灰を掻き出して裏のニラ畑に撒き、風呂掃除をした。洗い場のすのこを外すと、コンクリートの溝にビッシリとナメクジが貼り付いていた。それをすっかり取り除いて、五右衛門風呂の底板を外し、ドロドロになっている中を掃除した。雨降りの日もびしょ濡れになって風呂釜や台所の水瓶に井戸から水を汲んだ。兄も妹も庭の草一本抜かなかったが、自発的にしているので不満はなかった。

おだやは黒塗りの雨戸に板敷きで縄筵が二枚敷いてあった。そこに置いてある石油コンロで、茄子の味噌炒めや薩摩芋の甘煮を作った。それから風呂場の焚口にしゃがみ、一、二時間ばかり風呂焚きをしていると、みんなが帰ってきた。

一度夕食中に天井の梁から一メートル五十センチもある青大将が落下したことがあった。蛇はたちまちスルスルと姿を消した。ちゃぶ台の上でなくて幸いだった。

祖母は真冬の凍った田圃を耕して菜種の種撒きをしてきたため膝の関節リュウマチを患っていた。祖母が足が痛いと言い出すと麦子は夕食後に足をもんでやった。祖母は喜んで、その時ばかりは優しい言葉をくれた。

街向こうに一反歩だけ田圃があって、母は田圃からの帰途、担任の先生と行き合うことがあった。祖母も母も人に自慢をする癖があって人に嫌われていた。人に馬鹿にされていると思えば思うほど、何クソと人に自慢をしたくなるのは万人共通の心理である。母は麦子がいかに家事を手伝い、読書もする頑張り屋であるかを得々と語った。ほとんどの人は聞き流してしまうのだが、先生は人の話を虚心に受けとめる人だった。先生は麦子の生活ぶりにすっかり感心してしまった。先生の麦子を見る目が変った。麦子に少しでも変な真似をすると、先生から厳しく叱責されるので、もう誰も麦子いじめる者はいなくなった。

しかしいったん失ってしまった子供の世界には、もはや戻れなかった。相変わらず外で遊べず、友達と心を開いて話すこともできなかった。

冬の寒い朝、麦子は火の気のない囲炉裏端に行って難しい顔をして新聞を読んでいる父の隣に座った。父の心の中に麦子はなかった。しんしんと魂が凍りつくような淋しさがあった。

三学期の家庭科の課題は編み物だった。麦子は不器用だが手芸は好きで、すでに母から習っていて編み物ができるようになっていた。隣の人に教えているうちに、いつの間にか休み時間になると麦子の席には毛糸と編み棒を持った人の長い行列ができるようになった。麦子は根気良く一人一人にやり方を教えてやった。特に嬉しくも得意でもなく、なんということもなかった。

春になって麦子の家の裏手には、見渡す限り菜の花とレンゲの花畑が広がって、青々とした城山と神社の森がかすんで見えるようになった。麦子は毎夕その景色を眺めに通った。景色があまりにも美しいので胸に締めつけられたような痛みを感じた。美しいもの、命は速やかに滅ぶという真理が迫ってきたのだ。この美しさを眼の底に焼き付けようと、懸命に眼をこらして眺め続けた。日が陰ってくると黄色いランプはいよいよ輝きを増し、かぐわしい香りは濃密になってきた。立去り難くて麦子は畔道に寝転んで、しばらく花の中に埋もれていた。


麦子は五年生になった。始業式の朝登校すると、教室内には緊張した空気が漂っていた。五、六人のグループがいくつもできていて激論を交していた。いったい何があるのだろうと思っていると、丸山君がその輪の中から脱け出してきて、面白くなさそうに呟いた。

「みんな、顔のいい人ばかりを学級委員にしようとしている」

麦子には何のことだか分からなかった。

丸山君の母親は町立病院の看護婦をしながら一男一女を育てていた。父親はいない。丸顔で鼻が低く、いかにも頭の悪そうな顔をしていたが、心の優しいガキ大将なので、先生から気に入られていた。

学級会が始まると、先生が「今日は学級委員を決める日です」と前置きをしてから、突然麦子の名前を挙げて、いかに麦子が感心な生徒であるかを熱を込めて語った。麦子は尻の穴がこそばゆく居たたまれず、うつむいて体を縮め早く先生の話が終わるようにとひたすら念じた。それから先生は「誰が学級委員になればいいと思いますか」とみんなに問いかけ、全員に一人ずつ順番に立たせて名前を言わせた。すると驚いたことに、全員が「麦子ちゃんがいいと思います」と答えたのである。ただちに選挙になり、その結果麦子と丸山君が選ばれた。こんなことが起こるとは麦子は思ってもみなかった。

下校時、先生は連絡ノートに「麦子ちゃんが学級委員に選ばれました。子供たちも成長してくれたのだなあと、大変嬉しく思います」と流れるような美しい文字で書いて渡してくれた。父にそれを見せると、父は無言無表情のまま、「感激しました」と四角四面のしゃちこばった文字で返事を書いた。麦子は何か違うという気がした。

宵っぱりの朝寝坊の麦子はいつもゾロゾロと生徒が通り過ぎた後の道をただ一人で登校していた。ところがこれからは朝礼の列の先頭に立たねばならなくなったので、そうはいかなかった。朝日を覚ますと朝食もそこそこに家を飛び出した。それで毎日忘れ物をして昼休み家へ取りに戻った。「ええっ、またかあ」と先生は驚き呆れながら許してくれた。

一学期の終りに通信簿を受け取り開けてみて驚いた。体育だけは3だったが、ほかの科目はすべて4か5だった。格別いい点を取った覚えもないのに妙だったが、無論文句はなかった。今まで薄暗い裏通りを歩いていたのが、突然明るい表通りに出てきたような気がした。

庭場と呼ばれた広い土間には収穫期になるとジャガイモや薩摩芋が山のように積まれ、くる日もくる日もそればかり食べていた。ホクホクして美味しく、いくら食べても飽きなかった。炭水化物ばかり摂っているので栄養失調のために麦子はムクムク肥っていった。庭には二本夏蜜柑の木があって何百個もの実がなった。誰もほかの人が食べないので麦子は一人で毎日せっせと食べた。二個も食べると歯が浮いてきた。酸は歯のエナメル質を溶かしてしまう。麦子の歯は虫食いだらけになった。

としよの部屋は箪笥や寝床、長持ちは処分されていたが、雨戸が閉め切られたままになっていた。ある日麦子は何となく雨戸を開けて明るくなった部屋の真ん中に立ってみた。すると急に下腹部を中心に体が熱く燃え上がってきて、体を縦に電流のようなものが走った。体内に爆発的な命が宿ったのだ。それは一度だけ起こったことだった。

秋になって、入浴時にズロースにレンガ色の汚れがあるのを不思議に思って母に見せた。母はうろたえて、花はなぜ咲くのかなどとわけの分からない説明をしどろもどろにした。それから古い黒地の月経帯をくれて、古布で作った小さな雑巾のようなものをあてがうようにしてくれた。麦子は翌朝それを脱ぎ捨てて登校した。掃除の時間に廊下を雑巾がけして滑っていると、先生に呼び止められた。先生は廊下に立ったまま、母と同じような話をえんえんと続けた。麦子は顔から血の気が引いていくのを感じたが、じっと我慢して立っていた。そのうち真っ青になって倒れてしまった。先生は慌てて麦子を保健室に連れて行って、分厚くて大きな口に真っ赤な口紅を塗った養護の先生に小声で何か囁いた。養護の先生は「早いね」と言いながら、手早くガーゼと包帯で月経帯を作り、脱脂綿をあてがうようにしてくれた。月経が数日間続くものであるという肝腎なことを母は麦子に教えなかった。とにかく病気ではなく、成長にともなって女には誰にでも起こる現象なのだと分かった。

祖母は野良仕事の合い間に竹籠を背負って裏の機屋の反物や野菜を売り歩き、おしゃべりを楽しんでいた。夏はネルの白とネズミ色の千鳥格子の腰巻を締め、白木綿の半袖下着の胸元から垂れ下がった乳房を覗かせていた。大変なおしゃべりで世話好きだった。何十組も縁談をまとめて感謝されてもいた。それが、麦子の名前を出すと人から褒めてもらえるという快感に取りつかれてしまった。

「あんたらいのお祖母さんが来たあわ」と嫌悪もあらわに同級生から告げられると、麦子はゾッとした。いくら余計なことは言うな、出歩くなと命令しても無駄だった。祖母は麦子を愛していなかったが、世間に対しては一体感を抱いていた。麦子のした失敗や悪口まで、麦子の恥を洗いざらい世間の人にぶちまけて歩いて得意がっていた。

「ねえ、ねえ、みんな聞いて！　麦子ちゃんは家ではお祖母さんのことを馬鹿ババアって言うんだってよ」

昼休み、聞こえよがしの大声がしてきた。

彼女の母親は同じ教会の会員で、祖母はしげしげと彼女の家へ通っていた。夜になると麦子の右足の太股が赤く腫れ上がって痒くなってきた。祖母を問いただすと「親子で取っ組み合いの喧嘩をしてるんでわけを聞くと、『親に向かってオカチメンコなんて言うんで勘弁できねえ』って言うから、おらいの麦子なんか、しょっちゅう俺のことを馬鹿ババアって言ってるどって、なだめてやったのよ」ということだった。彼女の母親は姑からオカチメンコといじめられ悩んでいた。彼女にしてみれば、母親が何かと麦子を引き合いに出して叱るのが面白くなかったのだろう。母親は祖母と母の両方からいつも麦子の自慢話を聞かされ、素直に羨ましがっていた。学校で先生が麦子をあからさまに贔屓するのも不愉快であっただろう。

麦子が尊敬してやまない音楽の先生の家にも祖母は、「おらいの麦子が俺を馬鹿、馬鹿と言ってしょうがねえ。二度と言わねえようにしてもらいてえ」と訴えに行ったのである。音楽の授業中、いつになく先生が改まった口調になって、「お年寄りを大切にしましょう」と言ったので、麦子はすぐ察しがついた。祖母に問いただすと、やはりそうだった。自分に原因があるとは夢にも思わないのだ。いくら言っても自分を改めようとはせず、相手だけを改めさせようと考えていた。

毎朝、祖母は虫眼鏡で文字を拾いながらたどたどしく聖書を読んでいた。

「みろ、兄弟に向かって馬鹿者と言う者は地獄の火に投げ込まれるであろうって書いてあるぞ」

祖母は勝ち誇ったように言った。

「馬鹿だから馬鹿と言われるんだ。我等に罪を犯す者を我等が許すごとく我等の罪をも許し給《たま》えと主の祈りにある。許さなければ許されないんだ」

麦子が言い返すと即座に「許せねえ」という怒声が返ってきた。

日曜礼拝に麦子は子供では一人だけ出席していた。聖書を読み讃美歌を歌うことは何かしら心の糧になっていた。最後に会員一人一人がお祈りをした。長く長く、忍耐心を養成する辛い時間だった。祖母は必ず大声で「麦子の高慢を取り去ってください」と祈った。

祖母も母も遠くから偉い牧師が来て立派な説教をすると「ああ、いいお話だった」と満足した。しかし、その頑迷な心は少しも変らなかった。麦子は改心ということを信じなかった。どんなにいい本を読み、いい話を聞いても心が育っていなければ吸収できない。

実際に愛され正しい生き方を見せてもらって心が成長しなければならない。だが愛にはめったに出会えるものではない。

こういう祖母であったが、麦子は祖母がいなくなればいいとは思っていなかった。一度だけすっかり暗くなっても祖母が帰宅しないことがあった。その時麦子はひたすら祖母の無事を祈っている自分を発見した。


六年生になってから麦子は学級委員に選ばれなくなった。先生の贔屓と「勉強家」「できる」という同級生の讃辞だけが麦子を支えていた。

「人はパンのみにて生きるのではない」というキリストの言葉はあまりにも有名である。だが、その後に続く「神の口から出る一つ一つの言葉によって生きる」という言葉はあまり知られていない。神の言葉は聖書に書いてある。麦子は毎日熱心に聖書を読んだ。だが、読んでいるうちにいくつも納得できない箇所に突き当たった。聖霊によって書かれたとされている聖書もしょせんは人間が書いたもので、誤りも多いに違いない。

ソロモンの箴言に、「あなたの父母《ちちはは》を敬いなさい。あなた方の中には父母を敬わないものがいる。ああ、その目のいかに高く吊り上がっていることよ」とある。

しかし子供を殺したり虐待したりする親もいる。むしろ、ちゃんと子供を愛する親の方が少ないだろう。そんな親を単に親だからという理由で敬えと命令されても困る。ただ、親には扶養されているから逆らうことができない。

「我が子に鞭を惜しむものは愛を惜しむのである。鞭でその悪を叩き出さなければならない」ともある。

暴力は憎しみしか生まない。親に殴られつけて育った者は胸にやるせない憤懣をため込んでいって、いつかは爆発するだろう。

麦子は、兄や妹が何をしても叱られず、自分だけが叱られ叩かれたことを恨んでいた。

「罪なき子イエスキリストは我等の罪のために十字架につけられ死なれた。これによって我等の罪は許された。この大いなる神の愛を知った時、我等もまたイエスキリストにならって、おのが十字架を背負い、生きようとせずにはいられない」

牧師は必ず決まり文句のように声を張り上げて説教を締めくくる。その言葉の何と空疎に響いてくることか。二千年も前のユダヤ人がしたことを即ちお前の罪だと言われても困る。おのが十字架とは何か。それは自分の運命、両親、祖母、兄妹、遺伝病であった。だがしかしそれだけではなく、他人の罪をも引き受けるということらしい。麦子には神の愛ということが分からない。そもそも、愛とは何か。どこにもないではないか。

「山のあなたの空遠く
幸い住むと　人の言う
ああ我、ひとととめ行きて
涙さしぐみ　帰りきぬ
山のあなたになお遠く
幸い住むと　人の言う」

山の彼方の遠い空の下には幸福な生活があると人が言う。私は一度はるばる遠くへ尋ねて行ったが、そんなものはなくて、涙ながらに帰ってきた。山の彼方のもっと遠くに幸福な生活はあるのだと人は言う。

カール・ブッセのこの詩は麦子の遠い世界に憧れる心そのものだった。

祖母は角額にあるかなきかの薄い眉、細くて垂れた眼、低い小鼻の張った鼻、白髪まじりの薄い引っ詰め髪をしていた。高く声を張り上げて一方的にしゃべりまくって明朗快活だった。ところが一人で庭場の蓆に座って縄ないをしている時などは、表情が暗く沈んでいて、まるで別人のようだった。

麦子は父から近眼乱視を、母からは夜盲症を受け継いでいた。兄も妹も正常視力一・二だったが、麦子は最初から視力が〇・四だった。しかし、日常生活に支障はなく、眼のことで悩んだりはしなかった。周囲から眼鏡をかけるように勧められても頑として応じなかった。父が眼鏡をはずすとミイラのような顔になったので、あんな顔になったらお仕舞だと思っていた。

真一文字の太くて長い眉は母に似ていて、母はたまに縁側に仰向けに寝かせて、ハサミと剃刀を使って念入りに形を整えてくれた。頬骨が高く目がくぼんでいるのは父に、丸顔と大きな眼、小さな顎は松戸の伯父に似ていた。右眼は真剣にものを見極めようとし、左眼はクルリとして笑っている。

麦子は肌が脂性で吹出物が多いのを気にしてこっそり化粧水を買ってつけるようになった

が、さっぱり効果はなかった。また、狸のような腹になるのを恐れ、毎晩ウェストを紐でグルグル巻きにして寝た。

としよの部屋は暗く閉ざされていたが、ある日何とはなしに襖を開けてみると、兄が懐中電灯で何かを照らして熱心に読んでいた。好奇心をそそられて、数日後雨戸を開け放って室内を点検してみた。すると古びたカーキ色の肩掛けカバンの中に小冊子がギッシリ詰まっていた。ページを開くと、独特の秘密めいたインクの匂いとともに、全身体毛におおわれた人間や、あまりにも猛々しい恥毛の裸体写真が眼に飛び込んできた。実話らしい反社会的なおぞましい性の体験談が累々と綴られていた。その刺激に感応して体内にドロドロと蠢いてくるものがあるのを感じた。と同時にこれが悪霊によって作成されたものであることが分かった。

麦子にとって父が今までとはまったく別の存在になってしまった。性欲に取り付かれている汚らわしい男に見えてきた。この時のショックがあまりにも大きかったので、その後どんなエロ本を見せられても何とも思わなくなり、性に対して用心深く慎重になった。

夏の日のことだった。麦子がふと裏庭に回ってみると、父が雌のスピッツを後ろ向きにして股の間に抱きかかえてしゃがんでいた。父の顔は赤く上気して唇がほてっていた。麦子は知らん顔をして後戻りしたが、その光景は心に刻まれた。

冬になって母が作ったレンガ色の上着では寒くなった。その上、あまり洗髪しないので汚れ切った頭髪が触れるため衿が垢じみて黒ずんでいた。麦子がいくらベンジンでこすっても汚れが落ちないので恥ずかしかった。

それがとうとう母が半オーバーを買ってきてくれたのだ。

「これ、たったの五百円だったわ」

母は得意そうに赤紫色のいかにも安物らしいアクリル製の上着を見せた。

翌朝麦子がそれを着て登校し、ふと目を上げると、目の前の店の庇の上に麦子の上着と同一品が「五百円」と大書され、掲げられていた。麦子はこの世から消えてなくなりたかった。

「麦子は陰気臭え顔をして、下ばっかり向いて歩いているな」

兄が麦子を憐れむように言った。そう言う兄こそ、中学二年だというのに小学校中学年にしか見えない憐れな存在だった。下校時など、前方に兄の後ろ姿を発見すると、麦子の胸にはおのずと憐憫の情が湧いてくるのだった。

三学期になると再び麦子は学級委員に選ばれ、卒業式には記念品贈呈目録を壇上で読み上げる役目をおおせつかった。

「あなたたちは私の話を本当によく分かってくれました。別れるのが惜しくなりました」

別れの挨拶を始めるなり先生は涙を滝のように流して教室を飛び出して行った。

最後に先生は麦子に白い封筒に入った懇切な惜別の手紙をくれた。

麦子はいい生徒のふりをしていただけで内心では先生に対する不満で一杯だった。それでも先生の恩義は十分感じていた。先生は麦子に未来に向かって羽ばたこうとする意欲と勇気を与えてくれた。

暗中模索

三月になると町中に水道が引かれた。塩気のある不味い利根川の水だが、誰も文句はなかった。インスタントラーメンが新発売になり、電球が蛍光灯に替わった。明るい黄色の光が青白い光に変った時、麦子は海の底に沈んだような気がして寒くなった。

麦子の家では奥の二間の床を檜の柾目板に張り替え、裏の雨戸をガラス戸にし表の破れ雨戸を新品にした。奥の廊下の端に内便所も作った。子供たちは喜んで床のワックスがけをした。家運は上向いてきた。

入学式の朝、麦子はセーラー服を着て背筋をピンと伸ばし、足裏でしっかりと大地を踏みしめて登校した。

この一歩一歩が私の人生なのだ。しっかりと歩こう。麦子は自分にゆっくりと言いきかせた。学校は町の北はずれ、利根川の南岸にあって徒歩三十分程だった。周囲を土塁で囲い、南側の道路沿いにポプラが数本、西側正門のロータリーには大きな蘇鉄が一株植えてあるのが目新しかった。右手に古い木造平屋建校舎が三棟、左手には新築したばかりのカマボコ型体育館が建っていた。そこで入学式が挙行された。一クラス五十人、六クラスあって、麦子の学年が一番多かった。二年上の兄の学年は三クラスしかなかった。

講壇下に五、六人新任教師が立っていて、校長先生から紹介された。麦子の目は若い男の先生に止まった。長身やせ型、色が白く眼鏡をかけていた。東京の体育大学を出たばかりで、理科と体育を担当し、卓球の選手でもあるという。美男ではないが、若さが匂い立つようだった。

麦子は学級委員に選ばれた。例の先生が理科の担任であると分かって麦子は張り切った。下校時に書店に寄って教科書を買うと国語の教科書は一気に読了してしまった。科学的思考方法を学んでいないので、理科は心配な科目だった。そこで学習雑誌『小学六年生』に示唆された通り、前日に教科書をよく読み必ず一つ疑問点を見つけて授業中に質問するようにした。先生はそういう麦子に全力で応えてくれた。

先生の顔は近くで見ると六角時計のようで眉は薄くパラパラして眼鏡の中にある眼は小さくて白っぽかった。だが、ふと背中合わせになった時、熱い血潮が伝わってきてハッとさせられた。

麦子は朝四時に起きて理科の教材を求めて城山に登ったりもした。木の枝で支えられた折れ曲った細い土の階段の両側には赤紫、白、赤のツツジが満開になって笑っているようだった。

一学期は植物の花のしくみの学習だったので何の苦労もなかった。

数学は小学校で掛け算九九と四則計算しか習っていなかったし、文章題がどうしても解けなかったので、最も心配な科目だった。それが幸運にもベテランの教頭先生に当たった。先生は自信たっぷりに誰にでも分かるように教えてくれた。期末テストではクラス全員が九十点上を取って一斉に歓声を上げた。

先生の容貌はワニを彷彿とさせ、ヤクザの親分のようにも見えた。ドスのきいた深く響く声、ギョロリとした眼、いかつい顎、色黒く肩巾の広いがっちりした体格だった。

ある時先生が黒いサングラスをしてガラリと戸を開けて入ってきたことがあった。一瞬室内はシンと静まったが、先生が教卓について眼鏡を外し話し始めると、みんなはたちまちその語り口に引き込まれてしまった。

「私はこう見えても子供が大好きでしてね。腕白どもを捕まえては家に連れてきて泊めてやったり、若い頃はよくやったもんです。その代り、悪いことをした時には青竹でピシャーッとやりましたよ。中でも一番てこずったのが、何と東大に入りましたよ」

先生には他校で教師をしているスラリとした美人の妻がいたが生憎と子供はなかった。

麦子にも友達が二人できた。

一人は町の助役の一人娘でおっとりとして邪心というものがまるでなかった。盆暮れには付け届けで一部屋が一杯になるという噂だった。母親は若い頃大変な美人で、父親はいまだにぞっこん惚れ込んでいるという。月末に妻から金が足りないと言われると「よしよし」と言って自分の財布から金を出すという噂もあった。

いったいどんな人なんだろうと麦子が家に行ってみると、玄関に出てきたのは、どこにでもいる小太りの小母さんだったので、ガッカリしてしまった。

もう一人は靴屋の和子だった。デブ同士の誼である。肉の中に目鼻がめり込んだような面相だったが、心は美しかった。

「あっ、駄目。そんなことしちゃあみっともねえ」「おめえこれはこうするもんだど」などと言って育ちの悪い麦子を教育してくれた。

そんな時麦子は母親の懐に抱かれた赤ん坊のような甘えたい気持ちになるのだった。

母は和子をよく覚えていた。以前もっと貧乏だった時、店に財布を置き忘れ、青くなって戻ると、和子がちゃんと取っておいてくれたのである。


夏休みに麦子は母と二人で銚子教会の一泊修養会に参加した。ちゃんと礼拝堂があって別玄関から入ると和室が二間あり、床の間もあった。銚子は大きな街だが荒々しい漁師町なので信者が十人位しかいなくて、東京や旭町など外部から来た人が多かった。牧師が若い頃東京で導いた信者の息子が三人、立派に成人して参加していた。そのうちの一人が麦子とすれ違う時必ず謎のような微笑を浮かべた。彼の体臭は好きではなかったが、自分がまだほんの小娘であることが残念だった。

昼食にコロッケが四個も出た。みんな奇麗に平らげていたが、麦子はどんなに頑張っても三個しか食べられなかった。千切りキャベツも半分残した。向かい側の彼が例の微笑を浮かべて、「キャベツを食べると色が白くなりますよ」と言った。麦子は、ああ自分は色が黒いのか、と少々気落ちした。

夕方麦子は風呂掃除をおおせつかった。風呂場を磨いているうちに、すっかりいい気分になって大声で讃美歌を歌っていると牧師夫人がやって来て何やらモソモソ言って引き返して行った。夫人はかつて誉められたことがないので誉めるのは苦手だった。タオル掛けにかかっているタオルは縦糸と横糸がスダレのようになっていた。この教会にはタオル一本買う金もないのだ。

翌朝麦子が一人で近くの海辺に行くと、同宿の中学二年の少年が画板を膝にかかえて波の砕け散る様を活写しようとして苦心していた。彼は練馬区から母親と二人で参加していた。色白で眼が細く優しそうな顔をしていた。

彼の母親は彼とはまるで違うタイプで、丸顔に丸い眼をして明け透けに何でも話す人だった。母親同士仲良くなって文通をする間柄になった。

この五年後に彼は「東京農大ワンダーフォーゲル部死のしごき」と新聞紙上に大々的に報道された事件の被害者になったのである。

突然「くたばっているから車で駅まで迎えに来てくれ」と電話がかかってきて、家族が行くと、彼は寝袋に入れられ荷物のように仲間にかつがれていた。顔はザクロのように割られ熟れたトマトのように真っ赤になっていた。

登山中、新入生の彼が一人だけ息が上がっているのを見てリーダーは彼を叱咤し、いよいよ歩けなくなると、彼を木の枝に吊るし、みんなに殴らせているうちに殺してしまった。

遺族は「一粒の麦もし死なずば一粒のままなるべし。死なば多くの実を結ばん」というキリストの言葉を巻頭に掲げた追悼文の冊子を発行した。

彼の死をキリストの死になぞらえて慰めとしたのだろう。しかし、彼の死とキリストの死とは違っている。彼の死が、いったいどんな実を結ぶのか。誰でも状況次第で殺人者になるという人間のみじめな現実が露呈されたに過ぎない。

このたぎる怒りをどう始末したらいいのか。

「自分で復讐しようとしてはいけない。復讐は私のするところである」という力強い神の言葉がある。

通学路の草いきれがムッとする夏が過ぎて秋になった。

兄は高校受験を控えていた。県立工業高校を志望していたが、担任からは到底無理と判定されていた。全科目六百五十点満点で五百五十点が合格ラインなのに、兄は過去一年間の実力テストの平均点が四百点以下だった。たった一度四百八十点取ったことがあっただけだった。奇跡が起こらねばならなかった。

これまで母に手取り足取りされて、やっと宿題をこなしていた兄もポケット版の参考書を買ってきて勉強するようになった。だがいかんせん体力がなかった。十五分もすると仰向けにひっくり返って「あーあ、くたびれた」と吐息をついた。

「俺は人間商売やめたくなった。どっかの山奥にへえって炭焼きになりてえや」とぼやいてもいた。

年が明けて二月、いよいよ試験当日になった。私立に行く金はないから駄目なら中卒で工員になる覚悟だった。そうなると父同様の貧しい生活が待っているだろう。

母と兄は午前四時に起きて火の気のない炬燵に向かい合って座り聖書を朗読した。麦子も起きて隣に座った。

聖書は詩篇の「われ山に向かいて目を上ぐ　わが助けはいずくより来たるや　わが助けは天地《あめつち》を造り給《たま》える主より来たる」で始まる篇だった。

三人とも「山」を人生の山場と思い込み、それを乗り越えさせて下さるのが神だと解釈していた。後年になってそれが間違いだと分かった。正しくは「山」は神のまします所、即ち神そのものを指している。人生の様々な悩みから離れて心を真っ直ぐに神に注ぐならば、おのずと神の助けがあるという意味なのだ。自己中心主義の御利益《ごりやく》信者には到底達することのできない境地である。

母と兄は朝と昼二食分の弁当を持って出発して始発電車に乗った。津田沼まで電車で片道二時間半かかった。

結果は合格だった。兄は本番で五百五十点以上を取ったのである。皆驚いた。本番の方が実力テストよりずっと問題は易しい。兄も全力を出した。神の加護もあった。

三学期の期末テストの際、数学の先生は全員が答案を書き終えたとみると、おもむろに語り出した。

「今はどんな貧乏な家の子供でもやる気さえあれば大学へ行って広い世界に出ていける時代で

す。国立大学の授業料は安い。入っても仕方がないような大学の授業料は高い。それに日本育英会の奨学金制度がある。若い時にうんと勉強して自分の可能性を精一杯ためしてみることです」

先生はふと立ち話でもするようにさりげなく麦子に言ったことがある。

「小学校から、文才のある生徒だから特別指導をしてくれと申し送りがありましたよ」

麦子は黙っていた。何も特別指導は受けていなかった。

二年生になると事情が一変した。クラス替えになって、いい先生も友達もいなくなってしまった。教頭先生は出世して県庁の教育主事になり教育現場から離れた。新しいクラス担任は今まで小学校教師だった中年男性で数学と理科の担任になった。理科の時間、麦子が質問すると、先生は立ち往生してしまったので、二度と質問できなくなった。

英語の先生は魂の抜け殻になっていた。麦子は知らなかったが、先生の身辺に一大変事が起きていたのである。

先生には子供が何人もいたが男の子は一人だけだった。先生は一人息子が中学生になると毎日勉強を教えた。息子は東北大学を卒業し三光汽船に就職することになった。ところが入社式の直前交通事故にあって頸椎を損傷し、首から下がマヒしてしまった。バスが崖下に転落した時、最後部座席にいた彼の体は空中を一回転して頸椎の血管が切れてしまったのだ。彼は日夜号泣し、疲れては眠るという生活になった。

さらに、先生はこれまで教頭だったのでこの学校にも教頭として赴任するものと思っていたら、着任してみると平に落とされていた。特に失態もなかったのに納得のいかないことだった。

一度だけ、十五分経っても先生が来ないので麦子が職員室へ呼びに行ったことがあった。先生は誰もいない部屋に一人ぼんやりと煙草を吹かしていた。麦子を見ると黙って立ち上がり、廊下を先に立って歩いた。途中ガラガラと大声を出して痰を切ったかと思うと、それを飲み込んでしまった。

先生は教壇に立っていてもどこかに心を置き去りにしてきたように見えた。

代りに教頭になったのは、十五歳も年下の農業高校出で技術家庭の先生だった。彼は明朗快活な態度をし、毎朝自転車で登校しながら誰彼となく「お早うございます」と元気よく挨拶をするので評判が良かった。挨拶一つで教頭になれるのである。

しかし底の浅い人間の悲しさ。教頭になった途端にフンとふんぞり返って挨拶をしなくなり、良き妻は愛人ができて家出をし、生活が荒れて平に落とされ、元の木阿弥になってしまった。

だが英語の先生は平のままだった。

兄が片道二時間半かかって通学するようになり、母は四時に起床しなければならなくなった。おまけに一年先輩の勧めによってバレーボールクラブに入ったので帰宅は午後九時過ぎになった。母は朝だけは御飯を炊き弁当を作ったが、夜は素ウドンか湯をかけたインスタントラーメンしか出さなくなった。日中野良仕事で疲れ切っているので手間のかかる野菜料理などできなかったのだろう。家中は栄養失調に陥ったが、誰も文句は言わなかった。

先輩は何度か麦子の家にやって来た。兄より三十センチも背が高く、体重は三倍もありそうだった。白くふくよかな顔をして、細い眼が優しそうだった。やたら大人びていて、麦子を見るなり、「とてもこんな田舎にいるような人じゃない」と言い、「奴等は人を食うんですよ。と言ってもガブガブ頭から食うわけじゃない」と同級生を評して麦子を煙に巻いた。

麦子が彼の家へ行ってみると、車道のすぐ際に間口一間ばかりのガラス戸があって古いスダレがかかっていた。左右の家とは軒が隣接していた。よくこんな小さな家からあんな大きな人が出てきたものだと麦子は感心した。

二年生から制服が決められ、一、二ヶ月もすると全員が制服になったが、麦子は一人だけセーラー服だった。兄に交通費や小遣いがかかるので遠慮して母に作らなくてもいいと言ったのである。母は何も考えず、それをそのまま受け取った。

さらに各家庭にテレビが普及して、毎朝登校すると「今朝テレビで……」「昨夜テレビで……」とテレビの話題で持ち切りになったからここでも麦子は置き去りにされた。

母はそんな麦子には頓着なく、四十歳にして総入れ歯になって嬉しそうに歯を丸出しにして笑った。歯が全部なくなるのは大変なことなのになぜ笑っていられるのか麦子には不思議だった。後年東京医科歯科大の先生から、歯は手指と同じ位に大切なもので安易に抜いてはならないと教えられた。

兄の成績はクラスで最下位から二番目だった。疲れて勉強どころではなかった。休日も部活があって登校し、勉強している様子はなかった。

麦子は国語の先生から何でも自由に書いてくるように言われて一文を提出した。

「暗いものに光を

人間もほかの生物と同じように子孫を残して死んでいくように造られている。

花は美しい生殖器である。なぜ人間は花のように美しく生きられないのだろう。生殖行為は誰はばかることのない神聖なものである。それなのに暗く隠され罪の匂いがする。生殖器はむしろ顔の真ん中にでもあるべきである。

人間だけが性欲をほしいままにして性をもてあそび汚している。空腹を充たすように相手かまわず性行為を行う人がいる。愛と性とは違うのに区別がつかない人が多い。愛とは相手の人格を尊重し、命を守ろうとすることである。愛のない性行為はあってはならない。いかにして愛と性を一致させ、花のように美しく生きるか、それがすべての人の最重要課題である」

先生は麦子の作文を職員室でたらい回しにし、一同の度肝を抜いた揚句ボツにした。

麦子はそんなこととは露知らず、やはり作文というものは当たり障りのないことを書かなければいけないのだろうと反省した。かねてから心中にわだかまっていたものを吐露したのは不味かった。ただ書くことによって頭の中が整理され、すっきりした。

秋に毎日新聞主催の読書感想文コンクールがあって、麦子の作文が県の優秀賞に選ばれ、新聞記者が学校にインタビューに来て写真入りで千葉県版に大きく載った。麦子は校長室に呼ばれ、講堂で表彰された。

「『車輪の下』を読んで

これはドイツのノーベル賞作家ヘルマン・ヘッセの自伝的小説です。彼は学識の高い家庭に生まれ、美貌と才能に恵まれて町中の期待を背負って成長しました。しかし彼は二回も学校を飛び出してしまったので、彼の学歴はラテン語学校卒だけです。十七歳から十九歳の間に二回もピストル自殺を図りました。彼の母親は彼のことを心配し過ぎて病気になって、彼が二十一歳の時に死んでしまいました。牧師の妻なのに「あなた方は何事も思いわずらってはならない。たといどんなに思いわずっても身の丈一寸でも伸ばすことができようか」という神の戒めを守れなかったからです。心配することと愛することとは違っています。長い間彼は周囲の人から理解されず、愛されませんでした。晩年になってようやく愛と平安を得ました。

主人公は周囲の人や自分の心中にある功名心に押し潰されて死んでいきました。彼の苦悩がわがことのようにひしひしと胸に迫ってきました。

青春時代には知性と感性との激しい葛藤があります。

空を見上げれば鳥になって飛びたくなる。花を見れば花の中に埋もれたくなる。太陽の光を浴びれば春の思いに胸はふくらみ、歌いたくなります。しかし、ほとばしろうとする命の流れをせきとめなければなりません。机の上には学習課題が山積みになっています。

この本を読んでいると『赤毛のアン』がしきりに思い浮かびました。アンは養母マリラのために大学進学を諦め田舎に残りましたが幸せでした。わざわざ遠くへ探しに行かなくても、本当に欲しいもの、愛し愛される生活がすでにあったからです。

しかし、多くの人にとって現実の生活に幸福はありません。自分はどうしたらいいのか探し求めながら旅に出なければなりません。どんなに辛くとも死なないで一歩一歩前に進んでいけば、それが間違った道でなければいつかは幸福にたどり着くと思います」


小学校の恩師の夫君が審査委員長だったので身贔屓もあっただろう。

「鋭い感覚的な表現が秀れており、他の作品と比較しているのも良い」という講評をくれた。恩師からは立派な布張りの日記帳がお祝いに贈られてきた。

麦子は県庁の表彰式にも行った。控え室の窓から憧れの葛城中学の建物が見えた。充実した授業を受けている生徒が羨ましかった。身の置き所が違えばどんどん差が開いていくと思った。功名心がムクムクと頭をもたげてきて麦子の心を占領した。焦りが生まれたが、どうすることもできなかった。

国語の先生は三十歳位の未婚女性でちゃんと大学を出た人らしくきちんとした授業をした。スラリと背が高く美人だが少し鼻声だった。フワフワと歩くので幽霊という仇名がついていた。

先生は麦子の作文を全国コンクールに出す時、別紙に書き写したと麦子に打ち明けた。子供の字と大人の字とは違う。大人が書いたものと思われ、選外になってしまう。なぜそんなことをしたのか納得がいかなかったが、無論抗議はしなかった。

この頃から麦子は国語の先生から強い嫌悪の眼で見られていることに気がついた。自分の心のありようは、見る人が見ればたまらなくいとわしいのだと分かった。

ふと気がつくと、麦子は顎を突き出した醜い姿勢で歩くようになっていた。自負心だけが麦子を支えていた。もう一人の麦子がいて自分を見たならば、羞恥のあまり死んでしまっただろう。

麦子はジャガイモと薩摩芋ばかり食べていたのでブクブク肥っていたが、空腹になると脱力感に襲われ、頭も働かなくなった。

鼻が隆起してきて低いままの山根で詰まって寝つきが悪くなった。

「クンクン、クンクン言って、うるさくて寝られねえ」

隣で寝ている祖母からしばしば怒鳴られたが、麦子の方が大変だった。

それでも麦子の頭脳の働きは最高潮に達していた。

社会科は日本の近代史を学んでいたが、授業の始めに五分間テストをした。麦子は直前に教科書を見ただけで年号や事件名、人物名を即座に暗記できた。自分でも不思議な位だった。毎回満点を取る生徒はほかにいなかったので社会科の先生に感心された。

この分では東大に入るのも夢ではなさそうだった。しかし先達のいない悲しさで、何をどう学習すればいいのか分からず、時間を空費していた。一応教科書を開いてみるが身が入らなかった。


冬になり、セーラー服だけでは寒くなって麦子はコバルト色のカーディガンをはおるようになった。それはとても目立って恥ずかしかったがじっと我慢していた。

麦子が夜風呂に入ると五右衛門風呂の鉄の表面に湯がしたたって、のんびりした南国の学校が現れた。小さな平屋建の校舎から生徒たちのざわめきが響いてくるようだった。そこには制服もなく、みんな気楽な格好をしているのだ。そう思うと涙が頬を伝って流れ落ちた。こうして毎晩南国の学校は現れ、麦子を泣かせるようになった。それは何日も何日も続いていた。

ある晩、みんなが炬燵に額を寄せ合って素ウドンをすすっていた時、麦子はとうとう我慢できなくなって涙が滝のように流れてきた。だが誰もその涙のわけを尋ねる者はなく黙ったままだった。

　翌朝麦子は母にサージの切れで制服に似た洋服を作ってくれと頼んだ。

　母はすぐに作ってくれたが、少しも制服に似せようとはしなかった。

「ゆるゆるの方がスマートに見える」と言って紺のサージでダブダブのズボンと襟なしの上着を作った。

　麦子がそれを着ていくと、朝礼が終って一列ずつ教室に戻ろうと動いてる時、隣の組のミシン屋の娘が「妊婦服みたい！」と叫んだ。麦子は消えてなくなりたかったが、もうこれ以上母に頼むのは無理だった。


　夜寒いので麦子が炬燵で勉強していると父も隣に座って母と旧約聖書の朗読を始めた。なぜかそれは申命記で神がユダヤ人に生活上の細々した戒めを下している、性に関する記述が多い箇所であった。

「もしそれが精ならば」と父が唖のたまった声で読んでいるの聞いていると、麦子は妙な気がしてきた。どうも父はわざと麦子に聞かせようとしているようなのだ。

麦子が風呂に入っていると父は毎晩何食わぬ顔をして覗きに来るようになった。麦子は湯につかって見せないようにした。母にさんざんせがんで洗い場にビニールトタンの仕切り戸をつけてもらったが安心はできなかった。

兄も一度、隣の台所に水を飲みにくるふりをして覗きにきた。座敷で宵寝をしている麦子の唇に触れたこともあった。

「触るな!」

麦子がはね起きて鋭く叫んだので、二度とはしなかった。

三年生になっても事態は少しも良くならなかった。クラスの担任もメンバーも変らなかった。真夏の猛暑の日に麦子は電車に乗って高校へ行き、日本育英会特別奨学生の資格試験を受けた。知能テストのような難解な問題だったから、麦子は全力を出して考えたが、どうもわけが分からなかった。

女子ばかり三人で一緒に行ったが、互いに名前を知っているだけの関係ということもあって一言も口をきかなかった。

後日、うち一人が落ちて、その人は進学を断念したと知った。

疲労困憊して帰宅すると「すっかりげっそりとしちゃったね」と母が笑った。祖母はホクホクと上機嫌で、「ようく蒲団を干してやったかんな」と出迎えた。それで倒れ込みたいほど疲れていたのに蒲団がジリジリと熱くて眠れなかった。

十一月になって日光へ修学旅行に行った。旅行から帰った翌朝、同級生の男子が自宅の裏山で農薬自殺をした。木の根方を掻きむしって苦しんだ跡があったという。

日光の洞窟に入る時、彼の大きな背中が前をふさいでいたことを麦子は思い出した。あの時彼は死を決意していたのだ。彼は色白な器量良しだった。ひどく無口で存在感を与えなかった。

翌日クラス全員が担任に引率されて彼の葬式に参列した。小春日和の農道をみんなでゾロゾロ歩いていると、ついのんびりしたいい気分になってしまった。

彼の家は門も庭木もない平屋建の農家だった。既に庭には十数人が黙って立っていて、その真ん中でやせさらばえた母親が野良着のまま手拭いを顔に当てて、ウオーン、ウオーンと泣いていた。

最初母親は小遣いを使い果して帰ってきたのをひどく叱ったせいだと思った。しかし人間はそんなことで死ぬものではない。地元の一番易しい高校にさえ到底入れないと担任に言われたためと分かった。

担任の言葉が彼から生きる力を奪ったのだと麦子は思った。母親も頭ごなしに叱りつける人らしかった。

進学しなくともやる気と元気さえあればいくらでも生きていける。現に同級生のクラス一番の男子は農業をつぐために進学しなかった。進学を断念すると彼の背骨はグニャリと曲がり表情も腑抜けたようになった。だがやがて元気を取り戻し、晴耕雨読の人となって、向学心を燃やし続けた。

一年先輩の生徒会長も進学しなかった。彼の家は高さ五メートル、幅二百メートル、奥行五十メートルの生垣に囲まれていた。人間には所有欲と勤労意欲があるから、これだけ広大な家屋敷を持てば、それを維持管理するだけで、十分満足して生きていける。

無味乾燥な日々の中で、聖書を読み、交読文を朗読することだけが麦子の慰めになっていた。交読文とは礼拝の中で牧師と信者が交互に朗読するもので、詩篇の中から多く選ばれている。詩篇とは旧約聖書の中にあるダビデが竪琴に合わせて神を讃えて歌った歌である。麦子は詩篇二十三篇が特に好きだった。

「主はわが牧者なり　われ乏しきことあらじ　主はわれをみどりの野にふさせ　いこいの汀に

ともないたもう
主はわが魂を活かし　御名《みな》のゆえをもて正しき道にみちびきたもう
たといわれ死のかげの谷を歩むとも　わざわいをおそれじ　汝われとともにいませばなり
汝の笞《しもと》　汝の杖　われをなぐさむ
汝　わが仇の前に　わがために宴《うたげ》をもうけ
わが頭《こうべ》に油をそそぎたもう
わが酒杯《さかづき》はあふるるなり
われ世にあらんかぎりは　かならず恵みと憐みと　われにそいきたらん
われはとこしえに　主の宮に住まん」

読んでいると明るく美しい世界が開かれてきた。しかし、心にずしりと重く響いてくるくだりもあった。

「汝の笞　汝の杖　わが楽しみとならざりしならば　われはついに悩みのうちにほろびたるならん」

元日の日に麦子は兄と大喧嘩をして炬燵の回りをグルグル転げ回って掴み合いになった。意外にも兄は体は小さくともさすがに男だけあって腕力が強く、麦子はさんざんやられてしまった。

「おめえらあ、元日そうそう喧嘩をするようでは、今年はろくな年にはなるめえぞ」

祖母が大音声を張り上げた。

それから間もない冬休み中、魚屋の美代子と佃煮屋の利江が「麦子ちゃーん、勉強教えてよお」と自転車に乗ってやってきた。

二人とは同級生というだけの関係だったので思いがけないことだった。

麦子は嬉しかったが、散らかったみじめな家の中に上げるわけにはいかなかった。机もなくて茶箱の上で勉強していた。

「じゃあ、学校へ行こう」

麦子は月経の初日だったが、ズロースがなくて黒い月経帯の上にもんぺをはいていた。ズボンが汚れる心配があったので、スカートにはきかえ、スケスケの素足のまま三人で歩き出した。

教室はガランとして火の気がなく、すっかり冷え切っていた。

「おせち料理食べ過ぎちゃった」

利江が色白のふっくらした顔をほころばせた。豊かな食卓と和やかな団欒が、そっくりそのまま顔に現れていた。

二時間ばかりもいただろうか。足許からしんしんと冷えてくるのに耐えかねて三人は外に出た。

黒部川の支流にかかっている橋の上まで来ると夕焼けが空一面に拡がってきて、あまりにも美しく、三人は寒さも忘れ、端に赤紫の絹雲が湧いてくるまで飽かず眺めていた。

それが麦子の人生に新たな苦難が加わったという予兆だった。

二人と別れ部落の入口まで来ると麦子は下腹に激痛を感じ、立っていられなくなって地べたをはうようにして家にたどり着いた。家には誰もいなかった。奥の間に入って板の間に倒れ伏し、かつて経験したことのないすさまじい痛みに七転八倒した。後に経験した陣痛など少しも痛くなかった。

それでも日が暮れて家族が帰ってくるまでには痛みは収まっていた。誰も麦子の苦しみを知らない。いつだって苦しみは麦子一人のものだった。としよが口癖のように「冷やしてはいけねえ」と言っていたのはこれだったのだ。以後十七年間もの間、麦子は月経の初日になると下腹部に激痛を感じるようになり、大変なハンディを背負うことになった。

二十八歳になってから会社勤めを始め、何度か転属した後外電部に入り、テレックスを打つようになって、肩と胸の痛みに不眠になった時、友人にプールに連れて行かれて人生は好転した。

週に二、三回クロールの講習に通ううちに肩や胸の痛み、交通事故で痛めた十年来の右膝の痛みが解消しただけでなく、月経痛も治り、月経の周期が正常になって、妊娠出産できる体になったのである。

当時インスタントコーヒーが新発売になったので、父は「これを飲むと眠くならないぞ」と言って毎晩湯飲みに一杯コーヒーを湯で溶いて麦子に飲ませた。そうしているとだるくなって朝体が鉛のように重くて起き上がれなくなった。医者に行くと肝臓病と診断され、二ヶ月間学校を休んで家で寝ていた。薬は処方されなかった。ただ安静にしていろと言われただけだった。

麦子は考えた。こうなったのはコーヒーのせいだけではない。兄がうさ晴らしにしょっちゅう麦子の鳩尾を殴っているからだ。麦子が何もしないのに、さりげなく側に寄ってきてゲンコツを打ち込んできた。麦子は元日に殴り合いをして、兄には到底かなわないと分かって無抵抗になり、サンドバックのようにやられっ放しになっていた。父はもちろん、祖母も母も見て見ぬふりをしていた。麦子は今まで我慢していたが、腹が立ってどうにも抑まらなくなってきた。

「兄《あん》ちゃんは成績が悪いからって腹いせに俺を殴って殺そうとしている。この人殺しめ！」
兄は初めはニヤニヤして笑ってごまかそうとしていたが麦子の剣幕にたじたじとなって眼を真っ赤にしてしばたたいた。それからは二度と麦子を殴らなくなった。
しかし、いったん悪くなった肝臓はもう元には戻らなかった。麦子はとても疲れやすくなり、椅子に座るとすぐ眠ってしまった。六十二キロまで達していた体重がいっきょに八キロもへり、すっかり容姿が変ってしまった。顔色はさらに悪く青黒くなった。

二月下旬に高校入試があった。生憎月経の初日と重なってしまった。下腹のえぐられているような痛みに耐え、冷や汗を流しながら答案を書いた。幸い問題が易しかったのでなんとかやりとげた。体調が万全だったならばもっといい成績が取れただろう。落ちるとは思わなかったが、クラス全員が合格という報が入った時は、ほっと安堵した。利江は泣いて喜んでいた。

また悪いことが起きた。ある夜、兄が麦子の果物ナイフを勝手に持ち出して振り回していた。いつどこで覚えたのか、まるで手品師のように空中に円を描いてナイフを振り回していた。見事としか言いようのない手裁きであった。だが麦子は腹立ちの方が強かった。

「返せ！　俺のだ！」

兄は無視して得意そうに曲芸を続けた。

「返せ！」

麦子はそう叫ぶと無謀にも左手をサッと差し出した。次の瞬間、パーッと血飛沫が上がってたちまち洗面器一杯ほどの血溜まりができた。母はあわてて馬場医院に電話した。

「大変です。ナイフで指を切ったんです。第二関節まで肉が垂れ下がって骨が見えています。血が止まらないんです。洗面器一杯も血が出ました」

「なあに、ナイフで指を切ったぐれえでそんな血が出てたまるもんか。先生は往診に行っていて、今いねえよ。また明日の朝来な」

無情にも電話が切れた。指先にもう一つ心臓ができたかのようにドッキンドッキンと脈打つ痛みに麦子はひたすら夜明けを待った。食事どころではなく、飲まず食わずの朝一番で医院に行った。十二針縫った。

その足で登校すると教室前の校庭に全員雛壇のように並んで卒業記念写真を撮ろうとしているところだった。

なぜこんなにも次々と悪いことが重なるのか。一つだけ思い当たることがあった。それは猫の祟りである。

麦子の家では黒猫を二匹飼っていた。一匹は真っ黒で口の回りだけ白くてチョビ髭のように黒い毛を生やしていた。逆三角形のやせた顔をした利巧な猫だった。何でもちゃんと跡始末をして迷惑をかけなかった。

もう一匹の猫は全身が茶色がかった黒色をした丸顔で金色に光る眼がいかにも愚鈍そうだった。猫の馬鹿利巧の見分け方は簡単である。首根っこを掴まえてぶら下げてみる。後足をピンと持ち上げれば利巧、だらりと垂れ下げていれば馬鹿と決まっている。何度やってもチョビ髭は足をピンとさせ丸顔はだらりとさせた。丸顔はよく雨降りに外に出てビショ濡れになって家に飛び込んできたり、モグラやネズミの死骸をくわえて家に入ってきたりした。

師走の夕方、麦子が家に一人でいると、丸顔の猫が肥溜に落ちたらしく糞尿にまみれて家に上がってきた。麦子は悲鳴をあげて猫を掴まえ、段ボール箱に入れて荒縄でグルグル巻きにした。中でバタバタ暴れるのも構わず自転車の荷台にロープで縛りつけて利根川に向かった。立ち枯れた葦の水辺に箱を落とすと、ああ、せいせいしたと思った。

卒業式が近付いてくると、麦子は学年主任の先生に呼ばれ、答辞をおおせつかった。名誉ある大役である。麦子は張り切った。その冒頭の部分に最も力を入れた。

「冬枯れの木立もいつの間にか柔らかな緑の芽をつけました。自然は脈々とした命をじっと潜ませています。その燃え上がろうとする大地の息吹の中に私たちは春の訪れを聞きます」

卒業生二百八十九名の代表になったのだ。何だか自分が一番偉くなったような気がした。毎晩大声で繰り返し答辞を朗読しているうちに麦子はすっかり自分の調子に酔ってしまった。

いよいよ本番になった。麦子はダブダブの洋服を脱ぎ捨てセーラー服を着て登校した。

場数を踏んでいるので登壇しても上がらなかった。落着いて巻紙をほどくと言葉が澱みなく流れ出てきた。文面を見る必要はなかった。その時麦子は陶酔の中にも厳然とした虚無感に打たれていた。自分がこのように見事な答辞を読んだことを会衆全員に一生覚えていてもらいたい。何度も思い出してもらいたいと強烈に願った。しかし、そんなことはあり得ない。たちまち消えてなくなってしまうのだ。ほかの退屈な挨拶と何ら変らない。

最後に「仰げば尊し」を全員で斉唱する段になると、麦子は思いっきり大声を出した。自分を抑えることができなかった。

下校してから街に出かけると、途中で謝恩会帰りの母と行き会った。母は深緑色の袷に小豆色の道行コートを着て満ち足りた顔をしていた。

夜、母にきいた。

「声、小さくなかった？　ちゃんと聞こえた？」

「ああ、大き過ぎる位、はっきり聞こえたよ」

「ねえちゃんの歌を歌う声、すげえ大きくてみっともなかった」

妹がさも嫌でたまらないという調子で言ったので、麦子も恥ずかしくなった。


春休みに母と妹の三人で佐原まで買物に行った。知り合いの洋裁店へ行って高校の制服を注文してから、家具屋に行って立机を買った。今までは茶箱を机代わりにしていたのだ。

妹の物を何も買わなかったので、妹は帰途プンプン怒り出した。小児結核とかで妹はいつも一人だけ豆腐を食べさせてもらったりヤクルトを飲ませてもらったりしていたので、麦子は同情しなかった。

「親だからやってやるんだからね。有難いと思いなさいよ。親孝行するんだよ」

道々母が繰り返し言うので、なんだか恩着せがましくて嫌だなと麦子は思った。

麦子は生まれて初めて美容院に行ってあり余る黒髪をそいでショートカットにしてもらった。

黒い革張りの肘掛椅子に座ると大きな楕円形の鏡の前に黄色いラッパ水仙が一輪活けてあった。いかにも春が来たという感じがして胸がときめいた。

「ああ、すっかり垢抜けた」

美容師はでき上がった麦子を見て満足そうに呟いた。

女の門出

高校は一時間か二時間に一本の電車に乗って三つ目の駅から徒歩三十分程の所にあった。すぐそれと分かる親子連れが狭い車道の端を何百人もゾロゾロと歩いていた。

入学式は出入り口の床板が一枚大きくはがれている体育館で行われた。板壁の上部にクラス別に名前を書いた紙が貼り出されていたが麦子の視力では読めなかった。傍らの母が遠くから見て「B組だよ」と教えてくれ、「なぜA組でないんだろう」と不満そうに呟いた。単純にA組が一番いいと思っているのだ。

一クラス五十人、九クラスあった。中学校より三クラスも多い。近隣では唯一の進学校だけに利根川を渡って茨城からも秀才が来ていた。進学組では女子が二、三割である。これまでののんびりした雰囲気とは違って緊張感が漂っていた。麦子は何の戦闘準備もなく、いきなり戦場に放り込まれたような気がした。

式が終ると親は帰り、生徒はクラス担任に誘導されて各教室に入った。麦子のクラス担任はキューピーのような顔をした小柄な男だった。奄美大島出身で早稲田大学文学部を卒業したと言った。まだ三十前らしいのにどことなく生活に疲れているように見えた。

先生は手帖を見ながら黒板に「会長　副会長」とクラス役員の名前を書いていった。そこに麦子の名前はなかった。「会長　松原正行」という名前だけが麦子の眼に突き刺さった。役員といっても何か仕事があるわけではない。入学試験の成績順位を公表しただけである。試験当日麦子は机に向かっているのが精一杯だった。それがこんなに長く尾を引くとは思っていなかった。

オリエンテーションがすむと担任は屋内を案内して回り、最後に屋上に出た。そこには一クラスが先に来ていて、はじけるような女生徒の嬌声が響いていた。就職組だとすぐ分かった。進学組の女子は笑い声どころか話し声さえも立てず神妙にしていた。高校に入学したという喜びはなかった。白っ茶けた空の下に庭木もろくにない校庭と殺風景なグラウンドが広がっているばかりなのになんであんなに楽しそうなのか麦子には分からなかった。

その騒ぎの群の傍らにロマンスグレイの教師がしゃがんでただ一人想念の中に落込んでいた。顔色は黒ずみ顎がすぼみ、まるで処刑を待っている囚人のような陰惨な顔だった。

麦子はふと中学校の保健体育の先生が最後の授業でしみじみと語った言葉を思い出した。

「私はあんた方と同じ年頃の娘を持つ母親として言いますがね。新聞には報道されないけれど、たまに妊娠した女子高生の水死体が利根川に上がることがある。あんたたちの身の上にそういうことが起きないように祈っています」

闇から闇へ事件が葬られても殺人者は罪の記憶から逃れられない。いきなり不意にそれはやって来て、彼を奈落の底に突き落とすのだ。

翌朝麦子は寝坊した。みんな出払っていたが、母が一人だけ残っていた。

「なんで起こしてくれなかったのよ」

麦子が母に食ってかかると、母は憤然としてソッポを向いた。

「まるで人のせいみてえにして。五回も六回もさんざん起こしたんだわ」

やむなくタクシーを呼ぶとすぐ来たので何とか間に合った。高校の正門の前で車から降りると、向こうから小学校時代の同級生が歩いてきて目をみはって「あら、どこのお嬢様かと思った」と驚いた。そちらこそ老舗の酒屋のお嬢様で、こちらはタクシーに乗るような身分ではない。母はさぞかし遣り繰りに困ることだろう。

一時間目の数学に現れた先生はどうも昨日屋上で見かけた人のようだった。すっかり気張って背筋をピンと伸ばし、朗々とした声、高圧的な態度、端正な容姿、とまるで別人のように見えた。

牧師の遺児は靴屋になっていて、この頃毎晩のように麦子の家を訪ねてきた。

「一番安いのでいいですよ」と言う母の言葉通り靴屋はとびきり安物の靴と鞄を持参した。鞄はたちまち中の金具が飛び出してきたし、木靴のように固い靴は麦子の踵を痛めつけ血まみれにし、黒い靴下をふくら脛まで血糊でべっとりと貼り付けた。麦子は一週間も我慢したが、どんどん悪化する一方で、もうどうにもならなくなった。そこで下校すると医者に行く決心をした。日が暮れて闇の中に馬場医院の玄関灯が黄色く浮き上がって見えた時、麦子は助かったと思った。

受付窓口に角顔のヤクザ風の男がいて麦子を追い返そうとした。

「先生は往診に行っていていねよ。また明日来な」

麦子は思わず涙ぐんだ。すると男のグルグルな目玉が急に糸のように細くなった。

「待ってろ。もうじき先生がけえってくるから」

麦子は診察室に通され丸椅子に座ってアメ色に光る置時計が時を刻む音をじっと聞いていた。小半時程して医師がすうっと部屋に入ってきた。ひどく無口でほとんど口をきかなかった。医師は麦子を診察台にうつぶせに寝かせると両足の血を拭い、傷口を消毒してガーゼと包帯をふんだんに使って踵を厳重に包んだ。もうすんだと思って麦子が起き上がると医師が「膝を立ててごらん」と言った。麦子がそうすると医師は麦子の内股を丹念にさすり始めた。何だろうと思っていると医師の手は麦子の性器の周囲を撫でていた。生まれて初めての強烈な快感があった。驚いて医師の顔を見ると、医師は麦子が感じているであろう快感を推し量っているようにじっと麦子の眼の中を覗き込んでいた。気味悪い程青く長い顔だった。しばらくすると医師は黙って麦子を帰してくれた。

同じ中学から進学した女子は五、六名いたが、文江と芳子と麦子の三人はなぜか吸い寄せられたように駅のホームで一緒になって電車の行き帰りを共にした。文江は入試の時英語が満点だった人ばかり集めたというI組だった。父親は利根川の渡し船の船頭をしていて、母親が三十三歳の時に亡くなった。母親は卵の行商をしながら一男二女を育てていた。四人が住む家は黒部川の川べりにあって、黒いトタン板で囲まれた掘っ立て小屋だった。姉は器量は悪いが頭と性格が良くて千葉大の学生になっていた。

文江は糸のように細い弓形の眉をして、頬肉が肥えて瘤のように盛り上がっていた。負けん気が強く噂話が大好きで車内で絶えずしゃべり続けていた。聞かされていると心がザワザワと波立ってきて、あまりいい気持ちがしなかった。

芳子はほかの中学出身だが現在は同級生でクラス役員になっていた。家は大きな農家らしく、八人姉妹の末子に生まれた。母は亡く継母がいた。「しいたげられている」と洩らしたことがあったが、麦子と違ってまともな食事を与えられているらしく、血色が良くて健康そうに見えた。眉目や髪の毛が黒々として毛先が跳ねているのもチャームポイントになった。心に余裕があるらしく、文芸クラブに入って詩を作り、「母よ」という題の詩を麦子に見せてくれた。その詩には自然なリズムがあって読む人を感動させる力があった。

「ううん、素晴らしいわね」

麦子が思わず吐息をつくと、芳子は眼を細くして沈黙した。

「あんたには母は愛の化身のように思えるでしょうけれど、あたしの母はあたしをどうでもいいと思ってるのよ」

すると芳子は厳しい表情になった。

「自分の親を悪く言うなんて間違ってる」

確かにどんな親であれ、いないよりいた方がましだった。

第一回の奨学金支給日が来た。クラス担任は朝のホームルームの時、その必要もないのに奨学生一人一人の名前を読み上げ「奨学金をもらうような人は余程貧しい家の人です」と言った。麦子は耳を疑った。以後毎回先生は奨学生の名前を読み上げた。昼休みに事務室前の廊下に長い行列を作って順番を待つのもまるで晒し者になっているようだった。月額三千円の貸与を受けるためにこんなにも嫌な思いをしなければならないのかと思った。

麦子は今やただの人になってしまった。愛の欠如した中で同級生から「できる」と言われることだけが麦子を支えていた。それが突然なくなってしまった。麦子は誉められたい、誉められたい、誉められなければ生きていけないと思った。しかし誰も誉めてくれる人はいない。皆誉められたい人ばかりだった。文江も誉められるとナメクジに塩をかけたように急にメロメロになった。いったいこれから何を支えにして生きていけばいいのか。麦子はまるで雲の上を歩いているように足許がフワフワとして頼りなくなった。

「どうしたんだ？　この頃面白くなさそうな顔ばかりしている」

母が不審そうに尋ねたが、何とも返事のしようがなかった。自分はもうただの人になってしまったと認めることは存在価値を失うことだった。何とかして周囲の者に存在価値を認めさせなければならない。

数学の栗村先生は麦子をよく指名した。麦子は自分が先生の眼中にあることが嬉しかった。よし、数学を頑張ろうと思った。毎日せっせと数学を勉強し、授業中「できる人」と先生に声を掛けられると真っ先に挙手して黒板に解を書いていった。数学は週一回テストをして平均点以上の人の名前を読み上げげた。ところがテストになると麦子は緊張し過ぎて頭が働かなくなり解が書けなくなった。家に帰ってやってみるとスラスラできるのに本番になるとできなくなった。麦子はそれでも積極的な授業態度を変えなかった。

悶々としている時、学校に志望調査票を提出しなければならなくなった。夜父と母と麦子の三人は額を寄せあった。志望校をどうするか。

「東大だよ」

母が鼻にかかった高慢そうな声を出して事もなげに言い放った。自分には高校に入る能力もないのに、よくも人にそんなことを押しつけられるものだ。母はつねづね「うちは貧乏だから東大にしか行かせられない」と言っていた。何も東大でなくても国立大学はすべて授業料は月額千円であった。しかしそんなことは考えてみようともしない。東大以外は大学ではないと思っていた。麦子は脱落者になりかけている身でとてもそんなことは恥ずかしくて書けないと思ったが、もし今そう書いておかなければ試験を受けさせてもらえず、そうなると入る可能性もなくなるかもしれないとも思った。麦子が黙っていると父は「東大」と書いた。

書類の内容は秘密でなければならないのに担任はみんなに言いふらしたらしく、麦子はたちまち嘲笑の的になってしまった。

この学校からは毎年数十名の千葉大合格者を出しているが東大にはいつも一名だけだった。

母の従弟は今春この高校から東大の理科一類に合格し、一族の名誉とばかり親類が大勢集まって祝賀会をした。もう一人親類に東大を卒業し長期信用銀行に就職した人がいた。彼は父親が高級将校だったので公職から追放され、赤貧の身になった。父親は自転車に乗って夏はアイスキャンディ、冬はおでんを売り歩いた。母親は知人が道で出会っても気の毒で言葉もかけられない程のボロをまとっていた。彼はミカン箱を机にし、寒暑や空腹に耐えながら勉強して現役で東大に合格した。

放課後麦子は掃除当番でなかったので女子数人と廊下の端に立ってぼんやりしていた。すると栗村先生がスタスタと前を通り過ぎた。何となくその後ろ姿を眼で追っていると先生は片方の眼だけで振り返り麦子を見た。ああ、それはなんという眼だったろう。メラメラと真っ赤な炎が燃えていた。まるで嘲笑しているかのようだった。麦子はその眼の中に飲み込まれ、天地が引っくり返ってしまった。

麦子は家に帰ると母の鏡台の前へ飛んで行った。そこには見知らない若い女がいた。私は醜いアヒルの子だった。だから今は白鳥になったのだと思った。長くて濃い眉は描いたようにくっきりとし、眼は黒いダイヤのように輝き、唇は花びらのようであった。

人相術書によれば、麦子のような直線的な輪郭の上唇は愛情の表現が奇麗で愛欲に乱れることがなく、どんな困難な境遇にあっても耐えていける性向を現しているとある。

この時から麦子は女であることの不安と恍惚に恐れおののくようになった。電車やバスに乗ると必ず一人中年男が赤い眼をして麦子を見ているのに出会うのである。

「気でも触れたんであんめえ。夜中にコロコロ笑ったり、シクシク泣いたりしてよお」

隣で寝ている祖母に咎められたが、麦子にはどうにもならなかった。男の眼を引く女になったことが嬉しくて笑い、数学のテストができないことが悲しくて泣くのだ。

数学のテストがいつまでも結果を出せないでいると、栗村先生の麦子を見る眼に侮蔑の色が現れた。麦子は下校するなり奥の間に入って声を上げてオイオイ泣いた。どうしたらいいのかまったく分からなかった。すると桃子が襖を少し開けて一枚の便箋をそっと差し入れた。そこには「姉ちゃん元気を出せ。人間には苦しいことがある。苦しさに負けるな」と書いてあった。できの悪い妹から励まされるなんてまったく心外だった。麦子はその紙を丸めて捨てた。

麦子は駅前の本屋に寄って時間をかけてノートを選び、数学の練習問題をゆっくり丁寧に解いていった。分かり切った問題も繰り返し練習し、頭に叩き込んだ。

そのノートが一冊終る頃中間テストになり、麦子は初めて落着いて試験問題に取り組むことができた。返却された答案を見るといつもより丸が大きく、九十六と書いた字が勢い良く踊っているように見えた。麦子はやっと名前を呼ばれるようになった。

保健体育の菊子先生はまだ二十八歳という若さなのに、すでに人生が終ったかのような気配を漂わせていた。文江によると最初の恋人は交通事故で死に、二番目の恋人とは喧嘩別れをしたそうだ。細面の美人なのだが眼に力がなく暗かった。下瞼に青黒い隈があって日により時によって濃くなったり薄くなったりした。先生はテキパキとして実技指導もたくみで、弁舌はさわやかだった。当時の流行作家水上勉の二度目の妻になった人と短大時代同級生で、二人のなれそめの話は興味深かった。

彼女は保育園の保母をしていて、とりわけみすぼらしい園児の家を家庭訪問して、妻に逃げられた売れない作家と四人の子供たちにめぐり会った。彼女はバーのホステスになって一家の生活を支え、彼を芥川賞作家にした。週刊誌のグラビア写真を見ると彼は二つの顔を持っていた。一つは知性に溢れた作家の顔で、もう一つはどん底に落ちたホームレスの顔である。

終業式の日、全科目の平均点が八十五点以上の人が成績優秀者として名前を呼ばれた。松原も文江も芳子も名前を呼ばれたが、麦子は八十一点なので呼ばれなかった。体育が苦手だから六十点は甘いと言えたが、その分保健で頑張って満点を取ったはずなのに、先生は答案を返してくれず、六十六点とつけた。納得がいかなかったが、職員室に怒鳴り込んで行くわけにもいかなかった。それでどんなに頑張っても麦子は成績優秀者になれなかった。クラス順位は五番だった。

因数分解に明け因数分解に暮れた一学期も終った。

麦子は早速母の従弟に会いに行った。城山に連なる山の中にある部落で、自転車で二十分ばかりだった。

真竹の生垣が青々とした家の前で自転車を下りて一歩庭に入ると、白い半袖半ズボンの若い男が縁側に出てきて「こっちの方が涼しいよ」と手招いた。母が前もって電話してあったので、待っていたらしい。麦子は濃緑の枝を拡げた大木に向き合って縁側に腰掛けた。家の中にはほかに誰もいなかった。

「大学に入ったらバラ色の生活が始まると思っていたら今までと少しも変らない。ガッカリしたよ」

初対面の挨拶もなく彼はいきなり打ち解けた口調で話し出した。

彼は背は低いが顔や体が角張っていて頑丈そうだった。知的な澄んだ眼をしていた。母親を見たことはないが、たまにやってくる細面の華奢な父親とはまるで違うので、母親似なのだろうと麦子は思った。何の心準備もなく何を話したらいいのか分からなかった。

「高校の先生は生徒を困らせることばかり考えています。漢文の先生は教えてもいない、できそうもない問題ばかり出しました」

「大学の先生は学生の顔なんて見ていない。どうでもいいんだろうなあ」

話してるうちに彼から何かを探り出したくなってさり気なくきいてみた。

「栗村先生ってどんな人ですか」

「車狂いだ」

たった一言返ってきた。それは初耳だったが、麦子の知りたいことではなかった。彼はそれ以上話す気はなさそうだし、麦子も聞けなかった。

麦子が催促したわけでもないのに彼は立上がって「もう色んな人に上げちゃって、あんまり残っていないなあ」と言いながら奥の部屋に入っていって分厚い物理の参考書を持ってきた。麦子には無用の長物だったが黙って受け取った。二人はまったく別の道を歩いて行くのだろうなあと思った。物理はどうしても麦子には入り込めない世界だった。

麦子が縁側から腰を上げると、彼は足許に並んでいるマーガレットの鉢から一輪つんでその白い花びらを唇に押し当てた。その仕草はいかにも少年らしくて愛らしかった。

「好きだよ」と言われたような気がした。

麦子が家に帰ってその本を開くと見開きのページに黒々とした勢いのある字でなぐり書きがしてあった。「本能が激しく突き上げてくる。この力を制御するのが人間の人間たる所以である」

男は女よりもずっと性欲が強いのだと知った。この一文を麦子に託した彼の心を思ってみた。だがすぐ彼のことはきっぱりと心から払いのけた。麦子は遠い世界に憧れていた。

勉強に疲れると麦子は庭に出て遠くの欅の大木を眺めた。これまでの自分を恥じる思いが胸に押し寄せてきた。恥ずかしい恥ずかしいと繰り返し思った。自分は他人の評価に支配されていた。しかし世間の毀誉褒貶に依拠してはならない。自分の心に自分だけのゆるぎない真理を打ち立てるのだ。

じっと空を見上げていると不思議な感覚が襲ってきた。自分とは何だろう。自分がいるからこそ世界は存在するのではないか。自分が死ねば世界も消えるような気がした。自分が砂浜の砂の一粒のような存在であることが納得できなかった。

二学期が始まると麦子は朝一番で職員室に数学のノートを持って行った。ほかの先生はまだ誰も来ていなくて栗村先生一人が待っていた。先生は麦子に解を示すどころではなく、真っ赤になって全身から汗を吹き出し、腑抜けのような顔になって麦子の顔を見上げているばかりだった。麦子が戸惑っていると、先生は机上の麦子の手に自分の手を重ねた。と見ると立上がってきて麦子の後頭部を両手で包み込むようにした。そこにも性感帯があったのだ。女体を知り尽くした男の仕草である。

開け放たれた窓の外にはオレンジ色の花を満開にしたキンモクセイがあって濃厚な芳香を漂わせていた。麦子にとって栗村先生はまったく対象外だった。

麦子は早々に退散して二度と栗村先生には寄り付かなかった。恋する相手は若く清らかでなければならなかった。先生にはもはや恋する資格はなかった。

麦子はピタリと授業態度を改め、黒板に解を示したり発言したりしなくなった。

その代り毎朝先に登校している松原に教えてもらうことにした。松原は引込思案で授業中つねに沈黙しているが一番できるのは間違いなかった。彼は貧乏ゆすりをしながら麦子の差し出すノートにきちんとした字でサッサと解を書いてくれた。ほかに数人男子がいたが、誰も騒ぐ者はなく黙認してくれた。

二学期からは三角関数になった。新分野に入ると最初は何も分からない。ツルハシで固い地面を打ち叩き掘っていくような根気良さで繰り返し繰り返し頭の中に新しい理論を組み立てフリーハンドで真っ直ぐな縦軸と横軸を引き目盛や放物線を描いた。週一回の数学のテストで麦子は常に満点近くを取り名前を呼ばれた。

松原の父親は東大を出ていながら田舎の高校の平教員をしていた。三男一女の中でも末っ子の彼がとりわけ可愛らしく、仕事を休んで父兄面談に来ていた。

そうしているうちに彼の肉厚の赤い耳から坊ちゃん刈の頭まで何もかも麦子は好きになってしまった。

栗村先生は麦子が寄りつかなくなってから態度が異常になってきた。ロマンスグレイの髪を黒く染め、パリッとした新調の背広を着てくるようになった。だが俗に極楽花と言う老人性のシミが顔に浮き出ているから若くは見えなかった。

五分の休憩時間に麦子が廊下に飛び出すと向こうから栗村先生がやって来て「千葉!」と切なげに呼びかけてきた。

先生は授業中突然胸に手を当てて「ああ苦しい。私は今、生まれて初めての恋をしているんだ」と芝居がかった台詞を吐いた。

中間テストの時先生は数学の試験監督に来て一時間ずっと麦子の脇にピッタリ体を寄り添わせて立っていた。先生の体から煎じ薬のような匂いがした。

知ってか知らずか文江は栗村先生とは何のかかわりもないはずなのに盛んに栗村先生の噂をした。

「若い頃は女生徒に騒がれて大変だったんだってさ。今でもダンディで素敵だ」

ダンディなんて洒落た言葉を知っているなんて、自分より一枚上手だと麦子は思った。文江によると栗村先生は担任のクラスの一女生徒にモーションをかけているという。その人は体育の授業で一緒になる美人でも何でもない人だった。頬肉が肥えているのと脂性の肌理の荒い肌をしているのが麦子との共通点だった。聞かされていると麦子の自己顕示欲が刺激されて、「先生が本当に好きなのは私だ!」と叫びたくなった。


部落の入口近くに瓦葺き屋根の門がある立派な元県会議員の屋敷があった。千三《せんみつ》とか万空《まんから》とか言われた元県会議員は既に亡く、息子が金貸しをしていたが、いまだ威光は漂っていた。

その隣の路地に子沢山の左官屋の家があって末子は母親に背負われていた。子供たちは麦子が通りかかると道の両側に並んで口々に「あっ、お姉ちゃん」「お姉ちゃん」と呼びかけてきた。「はあい」と麦子が歌うように返事をすると年かさの女の子が麦子を見上げて、「あたしも大きくなったら一高に入るんだ」と胸を張った。

ある朝麦子が駅へ向かっていると小雨がパラパラと降ってきた。すぐ前を茶色いラインの入ったセーラー服という女子高の制服を着た元県会議員の孫娘が歩いていて、麦子を傘の中に招き入れた。どこか近寄りにくくたまに遠くから見かけるだけの人だった。麦子がその端正な横顔を見上げていると彼女は咎めるように言った。

「あんたは東大に入って作家になるんだって言っているんだって？」

麦子はそんなことを言った覚えがなかった。東大にはとても入れそうもないし、作家などという雲を掴むような仕事につきたいとも思っていなかった。祖母や母が勝手に言い触らしているのだ。

二人の間に気まずい沈黙が流れた。この人はこれからも何の苦労もなく、一生人を見下して生きていくのだろうと麦子は思った。

運動会が近付いて女子は黒田節の曲に合わせて踊ることになった。麦子は視野が狭いので周囲と合わせる動作が苦手である。しっかり順番を覚えていないと他の人と逆に動いてしまう。それで毎日下校後一人で練習しなければならなかった。

ある日のこと、授業中曲が止まり一瞬、静寂の時間が訪れた。すると絹代が突然「先生！」と声を上げた。

「どうしたらもっとうまくできるようになりますか」

何か切羽詰まったものを感じて麦子はハッとした。先生は戸惑いながらもそつなく答えた。

「それはもう練習あるのみです」

新学期の始めに職員室で見かけた彼女はバラ色の頬をした繊細な感じの美少女だったが、今は色褪せていた。

文江によると、絹代は香取中学始まって以来の秀才と言われたが高校に入学してからは成績が振るわなくなったという。

「絹代さんは夏休みの間、お店を一軒一軒、アルバイトはいりませんかって回って歩いたんだって。凄いなあ、あたしにはとてもそんな勇気ないよ」

夏休み明けに文江がそう噂をしていた。秀才の梶が好きで結婚したくて悩んでいるとも言った。

絹代は母と弟との三人暮しで貧しい生活をしているらしかった。

それからしばらくして絹代は高校を中退し、精神病院に入院した。

木枯らしが吹き始めた頃、麦子が高校から駅までの一本道を歩いていると背後から名前を呼ばれた。振り返ると変り果ててはいたが絹代がいた。ほかのクラスだし、絹代の眼中に自分はないと思っていたので意外に思った。

「あら、お久しぶり。元気?」

絹代が黙っているので麦子は言葉を続けた。

「あたしもあんたと同じよ。あたしにはあんたの気持ちがとてもよく分かるわ」

すると絹代は誇りを傷つけられたらしく憤然とした。

「いいえ、あたしとあんたとは違う。あんたにはあたしの気持ちは分からないわ。この間も香取中学の先生と徹夜で話したけど、どうしても君の気持ちは分からないって言われたわ」

自分を特別な存在と思いたいのだと麦子は鼻白む思いがした。絹代の顔は一面にソバカスが浮き出て乾いた灰色になっていた。この人は若さを失ったと麦子は思った。絹代は麦子の内心を見透かしたように急に攻撃的になった。麦子から顔をそむけて言った。

「千葉さんていつも顔色が悪くて、ガリ勉だなあって思ってた」

絹代は寒そうにワナワナと震え出した。
「あたしは誰とも話したくない。人間関係なんていらない」
そう小さく叫ぶと踵を返して逃げるように去っていった。

兄は冬の間だけ千葉市内の知人宅に世話になることになった。藤岡という子供のいない県庁の水産技師の家だった。麦子は憶えていないが、その家から養女にしたいと望まれ拒絶したという。

母は世話好きなところがあって昔訪問伝道に行ってコウと知り合い、教会に誘って受洗させ、西千葉教会の信者である藤岡と見合いをさせた。コウは水郷駅近くに住んでいて、四人の兄が肺結核にかかって枕を並べて寝ているのを看病していた。両親はとうに亡く、見合いに着て行く服もなくて、母が一張羅を貸してやった。藤岡は明朗快活な鼻筋の通った美人のコウを気に入り喜んで結婚した。藤岡三十歳コウ二十五歳だった。結婚するとすぐコウの生殖器に異常があって性交できない体であることが分かったが離婚しなかった。そのうち疲れやすくなったので検査したところ、心臓の大動脈が細いと分かり、東京女子医大の名医の執刀を受けた。手術は成功し、普通の家事労働ができるようになった。

極貧の生活から人並以上の生活になれたのだから、コウは幸せ者だと言われていた。

コウはシャキシャキとして何でもできる人だった。麦子が中学生の時、夏休みの宿題でネグリジェを作っていると、コウがやってきてスナップをたちまち全部きちんと付け直してくれた。麦子のやり方がグチャグチャだったので、見兼ねたのだろう。見ると教科書の説明図通り縫い針をスナップの縁に垂直に刺してあった。

たまに帰ってくる兄はこけていた頬がふっくらして居心地が良さそうに見えた。


正月休みも終り期末試験もすんで、もう少しで栗村先生の魔手から逃れられそうになった。麦子は毎日、あともう少し、もう少しと自分に言いきかせていた。

その日は朝から雪が降っていた。

「雪は人の心を動かす。忠臣蔵の討ち入りも雪降りの日だった」

そんなラジオの声を聞きながら家を出た。

放課後麦子が廊下に立ってぼんやり窓の外に小雪が舞うのを眺めていると、いつの間にか隣に栗村先生が立っていた。栗村先生は隣のクラス担任だった。

「雪が降っているね」

先生から話しかけられて麦子はついと言葉が出た。

「雪は人の心を動かします」

すると先生は待っていたかのように罠を仕掛けてきた。

「ひとつ手紙を書いてくれませんか。君の心がどう動くのか知りたいものです」

麦子が断ろうとすると先生は不意に身を翻して逃げ出した。麦子はついつられて後を追い、階段の所で腕を掴まえたが、先生はそれをするりと抜けて駆け降りて行った。廊下にはまばらに人が残っていた。抑えつけていた自己顕示欲が噴出したのだ。先生が本当に好きなのは自分だと叫びたかった。

その夜麦子は手紙を書いた。

「先生をお慕いしています。

先生と私とは人生の途上で一瞬すれ違っただけの関係でしかありません。それでも先生がすべてを捨てて私を愛してくださるなら、私も自分の未来の可能性のすべてを捨てて先生を愛します」

麦子はその便箋を三つ折りにしてさらに小さくたたんだ。

翌朝麦子が電車に乗ると、文江が眉をひそめて咎めるように囁いた。

「あんた、栗村先生の腕にすがったんだって？　学校中の評判になっているよ」

麦子が返答に窮していると、文江は嘲った。

「フン、いい物笑いだ」

麦子は負けるものかと思った。

「今に本当のことが分かる」

教室に入ってみると松原が眼を真っ赤に泣き腫らしていた。知っているのだ。何、構うものかと麦子は腹をくくった。

廊下ですれ違った時、麦子は栗村先生に手紙を渡した。

数日経ってから、放課後麦子は栗村先生に宿直室へ呼ばれた。部屋は十畳位あって長四角のテーブルの奥に滝沢先生が座って書類を見ていた。栗村先生は押し入れを開けて、そこに座布団が一枚しかないのを見てそれを取り出し部屋の入口に敷いて自分で座った。自然、麦子は向き合って座ることになった。

「こうして君と親しく膝を交えて語りたいとつねづね思っていましたよ」

先生からなんとなく淫猥な気配が漂ってきた。

「君からもらった手紙を読んで、いかに小美川の国語教育が充実しているかが分かりましたよ」

その途端、滝沢先生の顔は真っ赤になって崩れた。

滝沢先生は一度だけ代理で国語の授業をしてくれた。新卒らしい純心さと肉厚な上向きの鼻孔をした愛嬌のある顔とユーモラスな語り口とが相まって愉快な雰囲気をかもし出していた。麦子は先生にたちまち魅了され、もしこの先生が担任になったら毎日の学校生活はどんなに楽しいものになるだろうと思った。

栗村先生は声を落とした。

「俺の人生はもう終っているんだ。教師をやめたらどうやって生活していくんだ。残された人生をできるだけ楽しもうと思ってる」

先生には今の生活を捨てる気はなかった。最初から麦子をもてあそんでやろうとしていたのだ。

「君はこれから幸せな人生が始まろうとしている」

そうです。それをあんたは台無しにしようとしているんじゃないか。麦子は心の中で叫んだ。麦子は一言も発しないまま後ずさりして部屋を出た。

土曜日の午後、麦子が机に向かっていると母が帰宅して襖を開けた。母は濃緑のウールの袷に小豆色の道行コートを着て、興奮し喘いでいた。

「どうも様子がおかしいと思って学校へ行って栗村先生に会ってきたわ」

母は体を震わせながら一枚の紙切れを帯の間から取り出すと麦子の面前に叩きつけた。それは麦子の手紙だった。ヨレヨレになって黄色いタバコのヤニがついていた。栗村先生はタバコを吸わない。得意がって職員室で麦子の手紙をたらい回しにしたのだ。麦子は母には何も話していない。麦子の日記を盗み読みしたのだ。

「先生はそれはそれはもう立派な人でな。とてもあんたなんか足許にも及ばないよ。私はもう四十二歳にもなって子供が四人もいるんです。いくら麦子さんに思われてもどうすることもできませんって言ったよ。なんだその眼は？」

麦子は一瞬夫婦の間に交された何百回という性交を思って目がくらんだ。よくもそんな体で処女に恋を仕掛けられるものだ。

「先生の家にも行ってきたわ。眼許の辺りが先生に似たお婆さんが出てきて、ストーブのつけ方もわかんねえらしく人を玄関の寒い所にさんざん待たしておいてな。小さな家に三人も男の子がいて取っ組み合いの喧嘩をして大変な騒ぎだったわ。奥さんは京美人でな、とてもあんたなんか比べものにならないよ。主人にはお嫁に来たい人が沢山いたけれど、そんな人はもらわないで、家庭を大事にする人をとお見合いをして、私は京都からお嫁に来たんです。麦子さんとやらにも家に来てもらって、一軒の家を切り盛りするのがどんなに大変なものか見てもらいたいものですって言ったわ」

突然母は「寝取った！」と叫んだ。下劣な人間は下劣なことを考えるのだ。

最後に母は顔をクシャクシャにして泣き声になって言った。

「あんたが子持ちの先生と駆落ちしたって誰が羨ましがってくれるんだあ」

麦子にとって一番大事な人は母だった。栗村先生はどうでもよかった。どんな下劣な人間であっても母は母であり、イザという時は味方になってくれるものと思っていた。ところが麦子をわが分身とは思わず、果せなかった恋の恨みから麦子の成長を妬み憎んでいた。麦子はすっかり打ちのめされ生きるよすがを失ってしまった。

「ブドウパン買ってきたわ」

母は風呂敷包から山型のブドウパンを取り出すと机の上に置いて部屋を出て行った。母は麦子に何か悪いことをするとブドウパンを買ってくるのがつねだった。麦子はそれをすぐペロリと平らげたが、味がしなかった。

その夜麦子は「生きよう、生きよう」と強く自分に言い聞かせながら眠った。

翌朝目覚めると肩と腕が猛烈に痛かったので就寝中に母がねじったのではないかと疑って母

をなじった。その後、赤ん坊のようにバンザイをして深呼吸をしながら眠っていたためと合点した。全力で何かと戦っていたのだ。

次の土曜日の放課後、麦子は栗村先生に呼ばれて事務室へ行った。

先生は入口近くの椅子に座って眼をランランと光らせ大股開きをして待ち構えていた。

室内はガランとして事務長が一人残って離れた所に窓を背にして大きなデスクにこちら向きに座り、書類を点検整理していた。

「鮫島先生が車を貸してくれることになった。二人でドライブに行こう」

麦子は憤怒のあまり卒倒しそうになったがかろうじて踏みとどまった。

「これは私にとって美しい思い出になるでしょう」

美しい思い出になるよう汚い真似はしないでくれという意味である。

「そうか、これは君にとって青春の一通過点に過ぎないと言うのか」

先生はガッカリして股を閉じた。

そうです。あんたみたいな汚らわしい中年男に命を踏みにじられてたまるもんですか。麦子はさっさと部屋を出た。頭の中は真空になっていた。外は筑波颪が吹き荒れていた。麦子はまっこうから砂塵を浴びながらひたすら前へ前へと進んだ。

麦子は二年B組の生徒になれた。進学志望者のうち成績上位者五十人を集めたクラスだという。女子は十八人いて、芳子や文江とも一緒になった。

第一日目の朝、ホームルームが始まる直前、後ろの出入口付近でざわめきが起こった。すぐさまさざ波のようにニュースが伝わってきて、絹代が清川に花束を届けに来たのだと分かった。麦子が振り返ると、こちらに向かってくる清川の手に花束はなかった。きりっと薄い口許を引き結んだ丸い童顔は何事もなかったかのように平静だった。

麦子には絹代の心が分からなくなった。辛い場所からは逃げ出して新しい別天地へ向かうべきだった。絹代は梶を好きなはずなのになぜ清川なのだろう。本当に好きな人の側には近寄りにくいのかもしれない。清川は常にトップで東大合格確実の秀才だった。梶もそれにひけを取らない秀才であるだけでなく容姿端麗だった。それにしても絹代はこれからどうなるのだろう。

クラス担任が教室に入ってきた途端、みんなは絹代のことを忘れてしまった。

クラス担任は千葉大文理卒の二年目、昨年は文江や清川らのクラスを担任した数学の教師だった。長身痩躯、ヒゲのそり跡が青々した長くて大きなゴツゴツした顔にゲジゲジ眉、赤くて大きな口をしていた。大きなゆったりした口調とおおらかな態度が好ましかった。麦子は圧迫から解放されたような気分になった。

翌朝今まで通りに松原の所へ数学を教えてもらいに行くと周囲にいた男子数人にやんやとはやされてしまった。松原は廊下に飛び出していった。もう今までの流儀は通用しなかった。

帰りのホームルームが終るとすぐ担任から「梶が証明写真を撮ってくれるそうだから教室に残ってるように」と言われた。みんな帰った後、麦子が一人残っていると梶がカメラを持ってやってきて白い壁をバックにして机の上に乗るようにと黙って指し示した。

二回シャッターを切る音がして、そのまま言葉を交わすこともなく別れた。

数日後もらった写真は生まれて初めて美人に写っていたのでとても嬉しかった。

栗村先生の長女が入学してきて真下の教室にいた。自由奔放に育っているらしく、休み時間に「やまくん！」などと大声で呼んでいるのが聞こえてきた。

ある日麦子が一人で駅へ向かっていると、すぐ前を長女が歩いていてほんの少し横を向いた。母親似らしい桜色の美肌をした細面で顔の造作がすべて小さく細く日本人形のようだった。華奢な体に紺色の制服と純白のブラウスが初々しさを添えていた。

母親からよく面倒を見てもらっているようで麦子は羨ましくもあった。

朝の電車の中で文江は例の口調で麦子に言った。

「あんた、栗村先生があんたのことを何て言ってるか知ってる？　まさか千葉から手紙をもらうとは思ってもみなかったよ、だってさ」

「違う。手紙は先生から書けと言われて書いたのよ」

「フン、そんなこと誰が信じるものか」

「今にきっと本当のことが分かる」

麦子は鳥になって遠い世界に飛んで行きたかった。朝は逃れられないにしてもせめて帰りの電車だけでも文江から逃れようと市立図書館で勉強してから電車に乗ることにした。

窓際の机に向かって勉強していると、いつもハッと気がつくと館内には誰もいなくなって外は真っ暗になっていた。とうに閉館の五時が過ぎていた。職員の中年女性は最初のうちは麦子に腹を立てていたが毎日重なるにつれ「何てまあよく勉強するんでしょう。感心だこと」と言わんばかりに態度が軟化した。

田舎の夜道は暗く、たまに堀に落ちてずぶ濡れになることもあったが文江に会うよりはましだった。

兄は船橋にある将来性のある会社に就職できた。三人受けて兄だけ成績が悪くて会社の人事部から学校にどうしたものかと電話がかかってきた。その時「長距離通学をしているので今は成績が振るいませんが将来伸びる生徒だから、ぜひ採用してください」と担任が頼んでくれたのである。

それが五月の田植え最中《ざなか》、茂原で研修中に盲腸になって入院した。

家には有線電話しかなかったので裏の機屋のお祖母さんが電話を受けて知らせに来てくれた。

その帰って行く後ろ姿からは全身の力が抜けてパタリパタリとやっと歩いていた。

兄の身を案じてくれているのだと麦子は感動した。機屋は廃業し、脳卒中で夫を亡くしていた。三人の息子全員を戦死させ、神も仏も嫌いだと言っていたが、その胸には神の愛が宿っていると麦子は思った。

一学期の終業式の日はとても暑かった。退屈な校長の挨拶が終り、一瞬静まった時、後ろの方から大きな声がしてきた。体育の先生が顔を真っ赤にして口から泡を飛ばしていた。呂律が回らなくて何を言っているのか分からなかった。場内は粛然としたが声が収まったのですぐ平常に戻って全員教室に引揚げた。

体育の先生は当時大活躍していた巨人軍の城之内投手を育てたことが自慢で、もう過去のことなのに授業中その話ばかりしていた。グラウンドの端に男子生徒をしゃがませ熱弁をふるっている姿は異常だった。

教室に戻って通知表を開いて驚いた。現代国語が実際の得点より十点も少く記載されていた。前の席の芳子は逆に十点多くなっていた。麦子は逆上して職員室に飛んで行った。その麦子の剣幕に恐れをなして先生は閻魔帳を見せた。見ると芳子の欄にだけ鉛筆で小さく丸印がつけてある。授業中誰一人私語する者はなく、皆真剣に授業を受けている。芳子一人十点プラスされる道理はない。つまり芳子はこの先生の好みなのだ。

授業中突然天を仰いで「ああ、恋をしたい。胸を焼き尽くすような恋を」などとほざく男である。

この兵六玉め。麦子は凄い目付きで先生を睨みつけた。隣席から古典の先生の「千葉！」と低くたしなめる声がしたので麦子は仕方なく引き下がった。

夏休みが明けて二学期が始まると体育の授業でフォークダンスをやるようになった。麦子もこれだけは楽々とできた。たまに男女合同でやることがあって様々な手に触れた。とてもカサカサした手、ヌルヌルした手、暖かい手、冷たい手、固い手、柔い手、万力のような力で締めつけてくる手、風のようにまるで蝕感を与えない手などである。まれにギクシャクと踊る人がいた。

オクラハマミキサーやマイムマイムの曲が体育館から流れてくると生徒たちは胸がときめいてソワソワしてきた。

実力テストの前日放課後になると誘うようにダンス音楽が流れてきた。麦子はそれを振り切って駅へ急いだ。すると待合室のベンチに芳子が座っていて待っていたように言った。

「松原君が下駄箱の所であんたを待っていたわよ。可哀想だから行ってあげなさいよ」

麦子はこの時程芳子の友情を感じたことはなかった。急いで雨の中を学校へ引き返すと、学校近くの曲がり角で一本の黒い傘とすれ違った瞬間「アッ」と言う小さな叫び声がした。松原が諦めて帰るところだったのだ。麦子は構わず構内に入ってどんどん廊下を進んでいった。松原が後からついてくるのが分かった。ふと見ると教室をへだてた中庭から窓越しに菊子先生が何もかも見ていたようにこちらを見ていた。先生の眼には青黒い丸い輪ができていた。それは麦子に何か意地悪をする前に現れる信号だった。

体育館内では既に大勢の男女がオクラハマミキサーを輪になって踊っていて、熱気がムンムンしていた。

麦子はすぐ踊りの輪の中に入ったが、松原はモジモジしていて、麦子が三度目に手を差しのべた時、やっと意を決して中に入ってきた。松原の手は温かく柔らかだった。背丈もちょうど釣り合って二人の呼吸はピッタリと合い音楽の波に乗った。四回も一緒になれた。意外にも清川も来ていて、やはり四回一緒になった。清川の手はやや乾いて固かった。終ると松原は飛ぶように帰っていった。

実力テストの結果は職員室の廊下の壁に長々と貼り出されるが、この時一番はやはり清川で三番が松原、麦子も十番以内に入った。

以前から麦子は就寝時枕許に正座して神に祈る習慣があった。祈ろうとすると胸に愛され抱き締められたい欲望が高まってきた。麦子は我とわが胸を抱き締めて祈った。「天にまします我等の神よ。私を憐れんでください。どうか私を本当に愛してくれる人にめぐり会えますように導いてください。本当に愛してくれる人にこの体を捧げることができるようにお助けくださ い。イエスキリストの御名によってお祈りします。アーメン」

それは熱い魂の祈りだった。

十一月になって桃子の進学問題が浮上してきた。以前から桃子は母に「友達からあんたのお姉さんはできるのにあんたはできないね。お姉さんから脳味噌を分けてもらったらって言われる」と訴えていた。桃子の入れる高校はどこにもなかった。

ある日桃子は下校するなり手拭いを一本持って裏庭のビワの大木のてっぺんに上ってウオーン、ウオーンと泣き出した。暗くなるまで泣き声はえんえんと続いた。泣き疲れて家に入ってきた桃子は「姉ちゃんと同じ高校に入って姉ちゃんとおんなじになるんだ」と言った。母は黙って困った顔をしていた。麦子も黙っていたが、甘やかされ特別扱いを受けている桃子を妬んでいたので可哀想とは思わなかった。

母は町内にある農業高校の校長宅に押しかけて行って校長夫妻の前で長々と麦子の自慢話をして、だからその妹をぜひ入学させてくれと頼み込んだ。

校長先生は桃子に同情したらしく桃子を補欠合格にしてくれた。それで桃子は授業についていけないまま三年間通学し卒業することになった。

三学期になると理科系か文科系か進路を決定しなければならなかった。麦子は絶対に理科系ではないから迷いはなかった。清川は文科系に行き外交官になると言った。松原は理科系だった。将来の就職を考えて男子は理科系を選ぶ人が多い。

学期末になって松原は下駄箱の所で麦子を待っているようになった。五、六歩後ろを麦子がついて行った。彼はだんだんやせてきて鞄を片手で持つ力もなくなり腰にのせて後ろ手で鞄を支えて歩くようになった。

麦子は何とかして彼を安心させたいと思い、勇気を出して彼の家に手紙を出した。

「松原正行様

あなたが苦しんでいるようなのでたまらなくなりました。何も苦しむことも悩むこともありません。私達の前にはどこまでも続く長くて広大な明るい道があるではありませんか。私は何も心配していません。三年生になったら理科系と文科系とでクラスは分かれるけれど、いくらでも心を通わせることはできます。未来を信じて頑張りましょう。

千葉麦子」

手紙には宝物の写真を貼った。

ポストに投函した時ズキンと胸が痛んだ。

その手紙が届いた頃、終了式後の送別会があった。机は口の字型に並べられ、麦子の向かい側にある空席に松原が後から来て着席した。松原は右眼に眼帯をかけていてなんとなく怒って

いるように見えた。親に叱られたのだろうか。麦子は心配になった
会が終って解散になった時、麦子が松原に近付くと彼はパッと駆け出して階段を上り屋上に出た。麦子も後に続いて屋上で二人切りになった。松原はフェンスの石台に腰をかけ、麦子はその前に立った。松原はもう眼帯をしていなかった。眼は何ともなっていないように見えた。

「これ返すよ」

麦子はハッとした。

松原は麦子の手紙を突っ返した。恥をしのんで命を懸けて書いた手紙を返されたことは決定的だった。

「僕たちの交際が許されるとでも思っているんですか」

麦子は交際など夢にも思っていなかった。

その前にしなければならないことが沢山あった。三度の食事もままならない身で何ができようか。自立して生活力をつけなければ自分の意志を発揮できない。

「三年生になったら」と麦子が言うと松原も「三年生になったら」とオウム返しにしたが、後の言葉は出てこなかった。麦子はもう終ったと思った。自分が理科系に行くから好きなら麦子がついて来るのは当然だと考えているのだ。何と料簡の狭い身勝手な男だろうと失望した。「手

紙どうも有難う」と言ってくれるだけでよかったのに……。

麦子は帰宅するなり裏庭に行って手紙を燃やして捨ててしまった。大切な写真もなくなってしまった。「空の空、一切は空である」というソロモンの伝道の書にある冒頭の言葉が胸一杯に拡がってきた。

ところが三年生になりA組とI組とに分かれ長い廊下の端と端になっても松原は相変らず下駄箱の所で麦子を待っていたのである。

しかし、松原の背中を眺めながら数歩後ろを歩く麦子の気持ちはもう元には戻らなかった。

麦子は三年生I組になり、クラス担任は三十前の物理の先生だった。四角い生真面目な老成した顔をしていて寡黙で一切感情を面に出さないので助かった。

ある日麦子が昼休みを終えて席に戻ると机の下に入れておいた教科書とノート各三冊がゴッソリなくなっていた。授業に現れたクラス担任にただちに申告したが、先生は一言も発せず何もしてくれなかった。

幸い東京の親戚に教科書専門の印刷会社の経営者がいて、夜電話すると翌日送ってくれたから少しも困らなかった。

まさか女子がこんな大胆なことをするはずがない。麦子にいわれのない憎しみを抱いている男子がいるのだと麦子は思った。またあるかも知れないと用心して教科書などを鞄の外に出しっ放しにしないようにした。

だが、麦子の頑張りも一学期までしか続かなかった。栄養失調と過労、肝臓病のため心身が衰弱していた。兄がいなくなり母は寝不足ではなくなったのにやる気がなくて相変わらず夜は素ウドンだけだった。朝は麦飯に味噌汁のみ。弁当の中味はピーナッツ味噌や竹輪の煮付けがあればいい方で恥ずかしくて人に見せられなかったが麦子は別に隠しもしなかった。たまに耐え兼ねて学校帰りにパン屋に寄ってコッペパンにマーガリンを塗ってもらって食べたり、冬の朝学校近くの店でストーブの上にのせた金だらいの湯で温めた牛乳を飲ませてもらったりしてやっと命をつないだ。

一日二十回も目眩がして鞄が重くて持つとフラフラした。体がだるくて休みたいのに夜十二時までは机に向かっていなければならなかった。監視されているわけではないがそういう空気だった。

とうとう麦子の月経が止まった。母にそのことを告げると母は卑猥な顔つきになって「今にゲボゲボ吐いてくるんじゃあんめえ」と言った。

「身に覚えがないよ」

母を唾棄すべき人間だと激しく憎んだ。

「そういえば勝利君らいの八重ちゃんは満州から引揚げてくる時、食うや食わずだったんで、メンスが止まっちゃったって言っていたっけ」

母はそう言ったが、今や麦子の生命が危機に瀕しているとは思わなかった。毎日毎日、野菜も肉も魚も卵さえもない食事だった。

麦子は父と一緒になるのが嫌で夕飯になっても部屋にこもっているので、母は腹を立てながらもお盆を襖の外に運んでくるようになった。

ある朝、起きると真っ先に目に付く炬燵の上に成人映画の広告ビラがこれ見よがしに置いてあった。「父にも息子にも与えた豊満な肉体」などというタイトルを見て麦子は身の毛がよだった。

夏の日の昼下がりだった。麦子が勉強していると父が突然「風呂に入れ」と命令した。

「入らない」

麦子は拒絶した。誰も風呂を沸かした気配もないのに妙だと思った。

「風呂に入れ」再び父は命令してきた。

「入らない」

再び麦子が拒絶すると、父は襲いかかってきた。麦子は裸足で庭に逃げた。父は追いかけてきて麦子を足にかけて倒そうとした。麦子は踏ん張ってそうはさせなかった。激しい嫌悪が起こった。

「家が貧乏だから、奨学金をもらっていて、みんなに馬鹿にされているのをどう思っているの！」

麦子が言いたいのはこんなことではなかった。親は親らしく、嫌らしい男の眼で見ないでくれ。情欲を抱かないでくれと言いたかったが、まさかそうは言えなかった。

「そんなら学校なんかやめちまえ！」

父は嘘をつかれて退散した。

以前から麦子は母にどこかへ養女に行きたいと言うようになっていたが、その気持ちはますます募ってきた。

「頭のいい子供に産んでやったんだ。有難えと思え」と母は言った。

とんでもない、と麦子は思った。夜盲症と弱視というハンディを背負わされている。頭だっていいわけではない。負けじ魂があるばかりだ。そもそも魂は神様から直接もらったものだ。そんなことも分からないのか、このエセクリスチャンめ！　麦子はそう怒鳴りたかった。

麦子は思い余って銚子教会の牧師夫妻宛に手紙を書いた。牧師夫人のみつ先生は麦子の名付け親でもあり、麦子が生まれる前から小見川教会を牧会していた。みつ先生はボサボサ眉や突き出た分厚い下唇など松本清張に生き写しだった。おまけに声もまるで男のように野太く響いた。背は低く垂れた乳房のすぐ下から大きな太鼓腹がせり出していた。浜松の大店《おおだな》の生まれだという。

牧師先生は容姿が人並以上で謹厳実直を絵に描いたような初老の紳士だった。

式の最後に先生が手を高く掲げて「仰ぎこいねがわくは主イェスキリストの恵み、父なる神の愛、聖霊の親しき交わり、我等会衆一同と共に今も後も世々限りなく、とこしえにあらんことを　アーメン」と唱えると、その荘厳さに麦子の胸はしびれた。

先生は昔、東京の写真屋だったが、美人の妻に逃げられてから求道し、牧師になったという。先生がみつ先生と結婚したのは、日本キリスト教団から銚子教会へ招聘され、オルガンが弾け牧会ができる伴侶を必要としたからである。金銭も洗濯も別という血の通わない夫婦だった。

麦子はろくに話したこともない、よく分からない人に自分を投げかけた。

「先生、突然お手紙を差し上げます。私にはほかに誰も相談する人がいません。

父は私に情欲を抱いています。私には夢や希望があるから純潔を守りたいのです。

私はもうとてもこの家にはいられません。どうか私を養女にしてください」

日曜礼拝の後、皆が帰ってしまうと、みつ先生と麦子は二人だけになって側近く座った。先生は好奇心の塊になっていて、具体的にどういう事実があったのか知ろうとしたが麦子は答えなかった。先生は業を煮やして言った。

「あんたは私共にお金があると思っているんでしょうがね、実際何にもない。実にね貧乏なんですよ。だからあんたに何もしてやれんから養女にはできません」

先生はありのままを語っただけなのだが麦子はそうとは受け取らなかった。金欲しさに養女になりたがっていると思われた口悔しさに顎がガクガクと震えた。

「あんたはね、お父さんを愛することですよ。それしかない」

愛のない人間が他人に愛せと命令している。父を愛するとはどういうことか。裸を見せてやれ、体を与えてやれと言うのか。麦子に必要なのは安心していられる場所だった。

麦子は黙ったまま外に出て二度と教会へ行かなかった。

二週間後、母が教会から帰ると「先生から預かってきた」と言っていい匂いのする小さな白い紙袋を渡した。中には菓子パンが三個入っていた。麦子はそれを食べたが先生を許すことはできなかった。

さらに二週間後、祖母が礼拝から帰ってきて言った。

「先生が、私は神様の御前《みまえ》に出ることのできない罪人《つみびと》ですってお祈りをしていた。牧師があんなお祈りをしていいもんだろうか」

それで麦子はみつ先生もまんざらエセ牧師でもないと思った。

秋風に吹かれて物思いに沈みながら、うなだれて歩くみつ先生とすれ違ったこともあった。

そのうち父は先生に何か言われたらしく、教会に行かなくなった。母によると父は夜床の中で涙を流してオイオイ泣いていたという。

ある日曜の夜、父と麦子を残して家中教会へ行って何時間も帰ってこないことがあった。麦子は襖の内側にありったけの家具を積み重ね、裏のガラス戸の鍵を開けていつでも飛び出せる用意をした。

夜はしんしんと更けていった。父が仏壇の引き出しを開けるカタカタという音がしてきた。やっと賑やかな声がしてみんなが帰ってきた。祖母は襖を開けて「何だあこれは」と驚いた。麦子は急いで蒲団やら机やらを片付けた。

麦子は英語の先生に恵まれなかった。一年の時の先生は河童型の脱毛症の吃音で、ちゃんと妻がいるのに女生徒と恋愛をしようとしてそのことばかり考えていた。

仁丹を噛みながら英文法の教科書を読み上げ、所々で「だけど、こういう例外もあるね」と言うので麦子の頭は混乱し、先生に嫌悪を感じた。

数学の勉強は一歩一歩階段を上っていくような達成感を与えてくれる。しかし英語の勉強はまるで茫洋とした海のただ中を漂っているような気持ちにさせられた。

最初のうちこそＮＨＫの基礎英語のテキストを買いラジオを聞いて勉強したが、ほかの課題が多過ぎてついなおざりになり年月が経ってしまった。過去完了形など中学の英文法も理解できずじまいだった。あまり音読しないのでアクセントが覚えられない。英作文ができない。赤い小さな単語帳を持ち歩いて駅の待合室で眺めてはいたが何一つ頭には入ってこなかった。

東大に合格するには二万語の英単語を覚えなければならないと言う。二万語どころか千語もおぼつかなかった。

二年三年の英語の先生も何とかそつなく授業をこなしていこうと懸命で、サッサと流れていくばかりに感じた。

三年の数学担当はまさかの栗村先生だった。文江によると、誰も引き受け手がなくてやむなく引き受けることになったそうである。

先生はまったく授業をせず自習にした。麦子は先生に断りもなく黙って一人で図書室に行って数学の復習をした。同じ室内にいることがとても我慢ならなかった。白髪染めをやめて総白髪になった先生は黙認した。

もしこの時先生がちゃんと授業をやって微分積分を教えてくれたならば麦子の運命は変っていただろう。


冬になった。麦子が寝静まった座敷で着物を脱いで風呂場に行き五右衛門風呂の蓋を取るとドロドロした黒い湯が底にほんの少し残っているばかりだった。麦子が諦めて黙っていると翌日もその翌日もずっと続いた。奥の間は雨戸もなくガラス戸一枚で外気と接していて火の気もなかった。立机だから足が冷えて震えがきた。そのまま床につくから足が凍えて眠れなかった。麦子は冬の間中、ほとんど風呂にも入れず、ろくに眠ることもできないで過した。母は私を殺そうとしているのだろうかと麦子は疑った。

ますます心身は衰弱し、成績は下がる一方だった。

裏の機屋の樫の大木にカラスが巣を作っていて、フニャーヘロロ、フニャーヘロロと何とも言えない鳴き声を立てるようになった。

麦子にはそれがまるで自分の暗い運命を暗示しているかのように響いてきた。カラスは毎日毎日鳴き続けた。鈍感なはずの祖母も同様に感じるらしく、「カラスが鳴あく。嫌あな声だことよお」とぼやいた。

麦子は猛烈な躁鬱病になった。十五分ごとに激しく感情が入換わった。自分は絶対に合格するという気分になってじっとしていられなくなり立上がって座敷を歩き回った。しばらくすると奈落の底に落ちたような気分になった。自分はどこの大学にも入れそうもない。もう自分は生きてはいけない。お先真っ暗だと思った。とても勉強どころではなくなった。揺れ騒ぐ心をどうすることもできなかった。

志望校を決定するための担任との面談があった。担任は「一期は千葉大、二期は茨城大を受けろ」と言ったが、どちらも麦子の絶対に行きたくない大学だった。それに今はどこを受けても受かりそうもなかった。麦子は東大一本にして落ちたらひたすら昏昏と眠ろうと思った。第一母は東大以外の受験を許さなかった。

東大一次試験の前日母と麦子は早朝電車に乗って東京へ行った。新宿駅西口には大叔母の夫が待っていて三人でバスに乗って中野警察署前で降りた。家は新築したばかりで敷地は狭いが木造二階建瓦葺の立派な家だった。枝折り戸があり石燈籠もあった。小さな池に錦鯉がひしめいていた。

祖母の妹が東京に女中奉公に出ていてお上《かみ》さんの世話で出入りの庭師と結婚して持った所帯である。夫は腕のいい温和で仕事熱心な職人なのだが酒飲みなので、大叔母は虎の門病院の掃除婦をしながら二男二女を育てた。

長男は活字拾いのアルバイトをしながら定時制高校を卒業し、三十代半ばにして印刷会社の経営者になって羽振りが良かった。大叔母も長男もひどく世話好きなたちで親戚の面倒を見るのが好きだった。

長男は結婚して男子が誕生したばかりで幸せ満開というところだった。

昼食をすませてから母と麦子は大叔母に連れられて東大本郷へ下見に行った。無口で控え目なお嫁さんが肥って大きな赤ん坊を抱きかかえて地下鉄の駅までついてきた。大叔母は勤め帰りに毎日鰻を買って妊娠中のお嫁さんに食べさせたと言う。

東大は広大な威厳のある大学に見え、麦子を寄せ付けないように感じた。

帰宅するとお嫁さんが二階に蒲団を敷いて待っていて疲れているから寝なさいと勧めたので眠って夜になって起きた。

一家の主《あるじ》が帰っていて座卓の正面に上機嫌で座っていた。麦子をじっと見て言った。

「麦子は実にいい女になったなあ。おてちゃんの若い頃にそっくりだよ」

麦子がはにかんでいると、さらに言った。

「どうだ、自信はあるか」

「落ちる自信があります。とても受かりそうもありません」

「ガハハハッ。みんなそう言うよ」

母の従弟は豪快に笑い飛ばした。

夕食に麦子は初めて豚肉の入ったカレーライスを食べた。何やら高級な魚の澄まし汁もとても美味しかった。

戦争中、大叔母と長男がリュックを背負って米をもらいに来たが、家にも米がなくて上げられなかったと聞いた。それを恨みにも思わず親切にしてくれていた。

並々と奇麗な湯を湛えた檜風呂にも入った。

よく温まって快適な蒲団に包まれて眠ろうとしたが宵寝をしたのがたたってどうしても眠れなかった。夜は更け遠くから電車の音が聞こえてきた。とうとうそのまま夜が明けてしまった。頭がガーンとしていた。

朝食は長大な鰊やチーズなどが出たが、麦子は御飯と味噌汁だけで胸が一杯になって焼き魚には箸を付けなかった。

麦子が洗面所に入って鏡を見ると、顔は青白く眼は澄んで落着き払っていた。麦子は苦しみ抜いていた。なぜやつれ果ててしまわないのか自分でも不思議だった。

麦子は母と二人で出発したが、母は肥っているのでヨタヨタと歩いた。少し行っては立止まり待たねばならないのですっかり疲れてしまった。

東大本郷の構内に入ると大勢の受験生が幾重にも長い行列を作って教職員に誘導されながら各教室へ入って行くところだった。

国語だけは分かったが、数学はまるで解法が分からず、英語も知らない単語ばかりだった。頭が少しも働かないから絶望的であった。

帰りの総武線に乗った時は外が暗くなっていた。電車内は混んでいて通路に立っていると母は知り合いの小母さんに「どこさ行っただ?」と声をかけられた。

「明かさらんねえだよお」

母は得意そうに薄笑いを浮かべて答えた。その時母の口から悪臭が強く漂ってきたので麦子は嫌悪を感じた。相手は険しい表情をしたまま黙った。

結果は分かっていた。麦子はどっと床についてひたすら眠った。悲しみも苦しみもなく、何も考えなかった。

二ヶ月ばかりして「病人のような生活をしていると本当に病人になってしまう。起きなさい」と母に言われ、ようよう麦子は起き上がった。庭に出て空を見上げると、あまりにも青く美しかった。

気を取り直して勉強を始めると隣家の嫁が縁先に現れ、障子越しに大音声を張り上げた。

「女なんか大学へ行く必要はねえ。それも浮かるならともかく、落っこってもまあだやるなんざ、頭がおかしい。とてもまともじゃねえ」

毎朝毎朝それは続いた。麦子は平気だった。逆に闘争心が湧いてきて元気になった。

彼女は麦子より二十歳年上の健康そうに肥った明朗快活な働き者だが子供が生まれなかった。夫の精子が少いせいなのだが何となく肩身が狭かった。彼女の実家は同じ町内にあって茅葺屋根が傾き、苔や雑草に覆われていた。それでも大百姓に嫁いだ娘の立場を慮って電気洗濯機を贈ってきたりしていた。

祖母や母からさんざん麦子の自慢話を聞かされて麦子に敵愾心を抱くようになったのである。

麦子は平家物語を高らかに朗読した。祇園精舎や忠度の都落ちなど何度読んでも飽きることがない。勉強より娯楽だった。琵琶法師になって大勢の聴衆の前で語ったら、どんなにか愉快だろうと思った。

増進会通称Z会の通信添削講座を受けていたが、家にいると駄目になると思い、藤岡夫妻に懇願の手紙を出した。

「お元気でいらっしゃいますか。

私はかねてから大学進学を目指して勉強してきましたが、次第に心身が衰弱し、入学試験に落ちてしまいました。今家で勉強していますが、毎朝隣家のお嫁さんが縁側にやってきて『女なんか大学へ行く必要はねえ』と怒鳴ります。祖母も母も私もこれに関して何も言いませんが、一致して何クソという気持ちになっています。しかし、うるさくてたまりません。ここにいては落着いて勉強できません。さんざん思い悩みました。

そこで大変申し訳ないのですが、半年間だけ私を預かっていただけないでしょうか。小母さんがあまり丈夫でないことを承知の上、こんなお願いをするのは悪いのですが、ほかにどこも頼るあてがありません。できるだけご迷惑をかけないように努力します。今度こそ頑張って合格しますから、どうかお願いします」

しばらくしてコウから葉書が来た。

「お手紙拝見しました。

あなたはもう年頃の娘になってしまったので、小さい子供を預るのとは違って色々と難しい面もあると思いますが半年間だけなら何とかなるでしょう。

九月になったらこちらに来てください。その心算で心準備して待っています」

麦子の前途は明るくなった。東大はともかくきっとどこかの大学に入れると思った。

すると心が落着いて勉強に集中できるようになった。

時々気晴しに近くにある城山に登った。山の管理人のお爺さんは亡くなって山頂にある書院造りの住宅は無人になっていたが、細く折れ曲がった土の階段や桜、ツツジなどはきちんと手入れされていた。麓に新しく第二次大戦の戦没者慰霊碑が建立されて、長大な御影石にビッシリと名前が刻まれていた。住宅の周囲には松の木が多く、花が咲いているらしくてむせるばかりに花粉が舞っていた。山中は無人で皆日々の営みに忙しく、麦子一人が置き去りにされていた。

八月に麦子は一人で東大本郷へ模擬試験を受けに行った。この時はなぜか上出来だった。国語は九十一点取って成績優秀者になり、英語数学も七、八割方できた。もしも本番でこれだけ得点できれば十分合格するはずだった。麦子は嬉しくて進学担当の古典の先生に返却された答案を送った。

九月になってから麦子は僅かばかりの手回り品を持って千葉駅に行きコウを待った。

駅前のバス停のベンチにコウと並んで座ってバスを待っていると急に下腹にさしこみが来た。麦子が青くなって冷や汗を流していると、コウが心配そうに麦子の顔を見た。予定日より早く月経が来たのだ。

バスが千葉大学医学部の裏手を通ると金網の中からワンワンキャンキャンと吠え騒ぐ声がしてきて麦子は痛ましく感じた。

矢作台《やはぎだい》で降りるとすぐ広い敷地に県庁の職員住宅が何棟も建ち並んでいた。ごく慎ましい木造二階建の長屋造りだった。

小さな玄関の右が水洗トイレ、階段の裏側に台所、左が六畳の居間、二階に三畳と六畳の和室があった。小さな庭に風呂場と物干し台が設置されていた。

コウは麦子を居間の座卓の前に落着かせると手早くスパゲティナポリタンを作った。まるでレストランの料理のように見事で美味しかった。誰にも教わらず一人で覚えたのである。コウは食事をしながら語った。

「あんたも月経になるとお腹が痛くなるのね。実は私もひどくて三日も寝込む程なのよ。ヒステリーの発作も起きて小父さんに包丁を投げつけたこともある。小学生の時から冬も堀端で洗い物をしていた。大根を何十本も洗ってスカートをビショビショにしていた。下半身を冷やしたから生殖器が発育しなかったのね。普通の人は膣の太さが親指位あるのに箸の先位しかない」

小母さんは持っている箸の先を示した。

傍らの冷蔵庫がひんぱんにウーンと唸って麦子を驚かした。

「田舎の医院で膣を拡げる手術をしたんだけど駄目だった。麻酔がきかなくて物凄く痛くて絶叫した」

麦子の月経痛はいつの間にかすっかり収まっていた。

夜になると藤岡が帰宅した。藤岡は麦子が想像していたよりずっと下品な醜男だった。麦子が挨拶をしようとするとコウがそれを押しとどめた。どうもまともに対面して会話してほしくないようだった。

夕飯は階段の下に盆を受け取りに行って麦子は与えられた三畳で一人で食べた。

船橋に住んでいる兄が聞きつけてやってきた。話があるから外に出ろと言った。二人が道路に出ると兄は切口上に言った。

「俺はお前が藤岡さんの世話になるのは反対だ。うちはいわば恩人になっている。何か頼まれれば断れない立場にある。そういう人にものを頼むのは卑怯だ」

そう言う兄は就職してからもしばしばやってきてコウにギョウザを皿に山盛作ってもらって平げたりしていた。世話になるのは自分だけで沢山だと言うのだ。

麦子は横を向いて黙った。今ここで藤岡宅に厄介になるほか生きる道はなかった。

兄は空しく引揚げて行った。


後日麦子がコウに「小父さんて醜男ね」と遠慮のないことを言うとコウも頷いた。

「ほんと。初めて会った時、つくづく顔を見ちゃった。でもね、一緒に暮していると顔なんかあんまり見なくなるから、どうでもいいのよ。それより口のきき方、礼儀作法が大切ね。小父さんは威張ったり怒ったりしないから安心していられる」

コウは現在の生活に満足しているようだった。麦子は栄養のあるまともな食事を与えられ、たっぷりと奇麗な湯を張った風呂に入れるようになって夢のようだった。

麦子は勉強に疲れると近くの農業試験場へ散歩に出た。場内は開放されていたが、つねに無人だった。なだらかな丘陵がそのまま畝のない畑地になっていた。少し行くと豚小屋が並んでいて黒豚が一匹ずつ寝転んでいた。山羊や羊も飼われていて側に寄るとチーズが腐ったような猛烈な臭いがした。一度だけ一人の職員がこちらに向かってくることがあった。無事にすれ違うまで麦子は非常な緊張のただ中にいた。

日曜の午前中は西千葉教会へ三人で礼拝に出席した。二人が並んで歩く数メートル後を麦子がついて行った。中肉中背の藤岡と背が高くやせているコウとは背が同じ位だった。同じ教会に兄も来ているのだが、側に寄り付かなかった。幼稚園が併設されていて信者が多く、建物も立派だった。

藤岡はクリスチャンホームに生まれ大学を出て県庁の水産技師になった。一人いる兄も教師になって同僚と結婚し一女があった。コウとはずい分育ちが違っていた。酒もタバコも道楽もやらず、家計はすべてコウに任せていた。

コウは週一回きちんと和服を着て華道教室に通い、草月流師範の免許を取ろうとしていた。友人知人親戚がよくやってくるのでお茶や食事を出しておしゃべりを楽しんでいた。お客はだいたい貧しく、何らかの慰安を求めていた。

コウは恩恵を施す立場にあって遠慮なくズケズケとものを言っていた。

二週間ばかりするとコウが予備校に行かせてやると言ってくれた。麦子は以前沢山送られてきた予備校の案内書の中から入学試験のない授業料が一番安い学校のを一枚だけ選んで持っていた。コウがそれを見て承諾した。

麦子はコウから金をもらって一人で御茶ノ水駅近くの予備校に行って入学金と授業料を払って申し込み、定期を買った。

学校に行ってみると百人位入る教室は満席で全員男ばかりだった。麦子は高校時代の黒い制服の上着と母が作った黒いズボンをはいてその中に紛れ込んだ。

麦子は真正面最前列の席について最初から最後まで机に突っ伏して寝ていた。高校時代は居眠りなどしたことがなかったのに肝臓病が回復期に入ったのか、眠くてたまらなかった。幸い誰も咎める者はいなかった。すぐ後ろの席の男子が「あの人、具合が悪いのかなあ」と心配してくれた。

麦子は予備校では何一つ学ばなかった。先生が身の上話や冗談を言った時だけ目を覚まして話を聞き、笑った。

だからと言って予備校通いが無駄だったわけではない。一人で部屋にこもっていると気が滅入ってしまう。浪人という同じ立場の群の中にいると安心した。帰宅してから麦子は本格的に勉強にとりかかった。

ある日曜の午後、麦子が机に向かっていると兄とコウの会話が聞こえてきた。

「道端に転がっている石コロのような男」とコウが言った。兄は沈黙していた。いくら何でもひど過ぎると麦子は思った。案の定、それ以来兄は来なくなった。

母も一度様子を見に来た。母は顔中に縮緬皺の寄った青ぶくれた顔をしていた。金を出して肉や魚を買わなくても家にある野菜を調理すれば栄養は取れる。やる気がなくて調理をしないから栄養失調に陥っているのだ。

麦子と母は目も見合わせず、言葉も交さなかった。母は昼食を御馳走になって帰っていった。コウは昼食に竹輪とコンニャクと大根の煮付けしか出さなかった。つましく暮していると見せようとしたのだ。夕食にも同じ物を出したので藤岡が「麦ちゃんは物足りないんではないか」と穏かに呟いた。麦子は今まで素ウドンばかり食べさせられていたので何の不満もなかった。客に粗食を供するのがこの家の流儀らしかった。

麦子の母は客に気を張った。家では豆腐など食べないのに、田植えの働きの人には必ず一人一丁ずつ豆腐を付けた。子供らは客が突っ付いた残りの豆腐を後で食べさせてもらっていた。

家から七千円送金があった。五千円は食費で二千円は麦子の小遣いにしてくれと書いてあるとコウが言った。

「五千円ではとても足りない。この二千円も預かる」とコウが言ったが、「外を出歩くのにお金を持っていなくては困る。足りない分はきっと後で返すから、そのお金はください」と麦子は主張してもらった。

ある朝起きて台所に行くとコウがただならない気配で仁王立ちになっていた。厄日が来たのだ。

「小母さんはちょっと具合が悪くて食事の支度ができないんだ」

小父さんが静かに言った。麦子は自分で電気釜から御飯をよそって弁当箱に詰め、皿に残り物をのせて二階に上がっていった。コウは険しい顔をして何も言わず何もしなかった。

麦子が下校した時にはコウは普通になっていたが腹痛はあるらしく無口だった。

十月になって麦子の家から段ボール箱に一杯薩摩芋を送ってきた。その中に一本だけ細長く湾曲しているのをコウは見つけ手に取るとのけぞって癇高くけたたましい笑い声を立てた。コウはそれを皆よそに配ったらしく麦子の口には入らなかった。

ある日コウは一メートルもある大魚を台所で捌いていた。藤岡が建造船の許認可の業務を担当しているので、業者が検査に手心を加えてもらおうとして送ってくるのである。藤岡はくれる物はもらったが、決して手心は加えなかった。

コウは何度かやるうちに立派に刺身を作れるようになっていた。

麦子は今夜は山程刺身を食べさせてもらえると期待したが、刺身皿にほんの少しのっているだけだった。

コウはあまり麦子に御馳走しなかった。それでも三キロ肥ってズボンがきつくなった。毎晩いいお風呂に入れるので月経痛も和らいできた。

コウは「いくら何でもあんまりだから」と言って灰色になった麦子の白いブラウスを漂白してくれたり、ボロ靴を見兼ねて新しい靴を買ってくれたりした。それで、つい麦子は愚痴を言いたくなった。

「母はあたしをどうでもいいと思っているんです」

するとコウは憤然とした。

「あんたを見て、いじめられて育ったと思う人は誰もいない。あんたの家庭はいい家庭です」

「いじめられてはいないけど、可愛がられてもいない。母は私を虚栄心を満足させるための道具にしているんです」

「あたしがあんたのお世話をするのは、あんたのお母さんのお世話になったからですよ」

そう言われると麦子には返す言葉がなかった。

確かに麦子は母の敷いたレールの上を走っていた。母は口では神の名を唱えながらもその心と行いにおいて神から遠く離れている人間であったが、麦子に神の存在を教え、神の助けによって生きられるようにしてくれた。

ある晩、階下から藤岡の話し声がした。

「子供を産めない女は神様から祝福されていない女だ」

コウの返答はなかった。麦子はなんと残酷な男だろうと思った。

冬になると一階の居間に電気炬燵が置かれた。すると藤岡は毎晩役所から仕事持ち帰り、夜遅くまで炬燵で書類と向き合うようになった。

麦子が仕舞湯から上がって勝手口から台所に入ると必ず藤岡は麦子に声をかけた。

「麦ちゃん、こっちに来て炬燵に入りなさい」

麦子は聞こえぬふりをして階段を上がって自室に戻った。コウが階下の気配に耳を澄まして眠れないでいるに違いなかった。

「小母さん、どうかこらえてください。あともう少しの辛抱ですから」

麦子は心の中で手を合わせて祈った。

それから十年以上後の夏、麦子が藤岡の新築一戸建の家を訪ねると、藤岡が一人玄関に出てきて、「さあさあ、シャワーを浴びなさい。暑かったでしょう。小母さんはすぐ帰ってくる」と勧めた。

何となく怪しかったので、すぐそのまま退散した。数日後確認の電話を入れると、コウが電話口に出てきて、当日は旅行中で帰らなかったと言った。藤岡はつねに性交のチャンスを狙っていたが、ついにその機会はなく、忠実な夫として生涯を終えた。


年が明け志望校を決定する時が来た。一人ずつ学院長室に呼ばれ学院長と面談した。学院長は肥った丸顔の中年男で、どっしりと落着き払っていた。毎月一度模擬試験があって本番でも同じ得点であろうと予想した。麦子の模擬試験の平均点は六十二点だった。あまり良いとは言えない。

学院長は書類に目を落としながら言った。

「ふうん、六十二点か。七十点以上でないと東大には受かりません。お茶の水女子大は四十五パーセントか。受かるか落ちるかと言うと落ちるでしょうな」

学院長は新品の鉛筆を横にして、その真ん中を人差し指の先に乗せて、コロッと傾けた。

「合格可能性が五十パーセントを超えなければ受かりません」

麦子は神妙に傾聴した。

「横浜国立大が六十パーセント、早稲田の文学部は六十五パーセントか」

そこで一期はお茶の水女子大、二期は横浜国大にした。私立に行く金はないので受けないことにした。

東大受験という触れ込みだったので、お茶の水女子大に変えたと知ってコウは失望の色を見せた。コウが思う程、麦子は優秀ではなかった。もう後はない。今度こそどこかの大学に入らねばならなかった。


二月下旬、麦子は一人でお茶の水女子大へ受験に行った。下見はせず一時間以上早く会場に着いた。教育大学と正門が向き合っていた。敷地は狭いが小ぢんまりした風格のある校舎だった。

まるでスズメの学校の生徒のように石の階段や植込の縁石に並んで座って参考書にしがみついている光景に驚いた。まったく普段の期末試験のようであった。東大とは受験生のレベルが違っていた。

屋内に入ると廊下の壁に世界の名画が並んでいてアカデミックな雰囲気を醸し出していた。麦子はふと高校の家庭科の先生はお茶の水女子大出身だが、うらぶれていたことを思い出した。試験の問題は皆教科書にあるようなものばかりで文章を書かせるものが多く、楽々とできた。これなら特別な受験勉強はいらないと思った。ところが最後の数学になって仰天。微分一題積分一題しか出題されなかったのである。確かに微分積分は出題範囲に入っていたが、その前にやることが多過ぎた。数ⅡBの末尾にあって、二年の終りに一度簡単な説明を受けただけだった。やむなく白紙で答案を出した。この四年間、ひたすら数学ばかりやってきた。その結果が〇点である。

結果は分かっていたが、合格発表を見に行かないわけにはいかなかった。

やはりいくら見ても麦子の志願した教育学科合格者十八名の中に麦子の名前はなかった。覚悟していたのに涙が滝のように流れ出て止まらなかった。

「駄目だったんですか」

一人の男子学生が側に寄ってきて声をかけたが、麦子は答えるどころではなかった。

しかし、涙が出尽した後は妙にサッパリしてしまった。

コウは麦子が落ちたと聞いて暗い顔になって「あと一年だけなら預かる」と言った。もう横浜国大も駄目に決まっていると思っているのだ。麦子は死んでもこれ以上世話になるものかと思った。

三月中旬に横浜国大の試験を受けに行った。横浜駅で京浜急行に乗り換え試験場になっている関東学院大学へ向かった。京浜急行は国鉄と比べて駅舎もホームも電車もみすぼらしく、都落ちという感に打たれた。

何百人も入る大教室に受験生は満員になっていて、こんなに大勢で果して受かるだろうかと不安になった。国立大学の定員は少なく、数十人である。

英語数学をなんとかこなすと世界史化学は暗記していた箇所がソックリ出た。古典だけが難解だった。出典がまるで分からないから何のことだか場面が浮かんでこなかった。所々に出てくる意味の分かる言葉をつなぎ合わせ、精一杯想像力を発揮してやっと解答をデッチ上げた。

翌日は面接試験があって、京浜急行南太田駅で降り清水ヶ丘にある経済学部へ行った。鎌倉にあった教育学部の校舎が火事で焼失し、経済学部の裏にプレハブの仮設校舎を建てたのである。

麦子が志願した教育学部中学校教員養成課程教育学科は定員が二名なのに面接の順番を待っ

て並んでいる行列の人数は三十名もいた。

小さな部屋に一人で入ると窓を背にして三名の教官が細長い卓を前にして座っていた。真ん中の教官のみが発言した。

一期はどこを受けたのか、その合否はときかれた。

「あなたは大変いい成績です。なぜお茶の水女子大が駄目だったのかなあ」

教官は弾まない声で言った。

それを聞いた途端、麦子の胸のつかえは下りて眼の前がパアーッと明るくなった。あれだけの量の答案をどう捌いたのか、すでに採点はすんでいたのだ。しかし半信半疑で手放しでは喜べなかった。麦子はこの教官の言葉を誰にも伝えなかった。

翌日麦子は荷物をまとめ、お礼の挨拶もそこそこに藤岡宅を引き払った。

千葉駅から成田回り銚子行の総武線に乗り換えると、窓の外はゴウゴウと春の嵐が吹き荒れていた。それにも負けず電車は走行していた。すべては終ったと麦子は思った。

家に帰ると母から、父がお茶の水女子大の試験日に断食をして合格を祈願したと聞かされ、馬鹿馬鹿しくなった。父の努力はすべてピント外れ、無益である。

父は英語の辞書を丸写ししたが、頭の中には何も残らず、自己満足と学問に対する憧れだけが残った。

必要もないのに車の運転免許を取ろうとして教習所に通い、試験の前夜不安のあまり一睡もできず、何度も試験に落ちて断念した。貧乏なのに無駄遣いをしていた。

『夫の歴程』などという立派な本を何冊も買ってきて読んだが、何も理解できなかった。

父は毎日熱心に新聞を読んでいたが、政治経済外交文化など世の中のことは何も分かっていなかった。常識や良識、生活経験に乏しく、節穴から覗くように世間を見ているから肝腎なことは何も理解できなかった。

確かに逆境に生い育っても文化人になり得た人はいる。フランスの代表的詩人ボードレールの父は囚人、母は貧民窟の娼婦だった。

そういう人は自分で自分の頭の中をよく耕してフカフカの畑にしてから種をまいたから発芽して開花した。

父の頭の中はザクザクした瓦礫の山になっているから、いくら種をまいても発芽しないのだ。

忘れもしない四月二日の夜半、表座敷の雨戸を叩く音に麦子が飛んで行くと、郵便配達夫が寒そうに青ざめた角顔をヌッと現わして一通の封書を差し出した。

開けると長い文列が眼に飛び込んできたのでまず安堵した。

「ハエアルゴウカクヲシュクシ　コンゴマスマスノゴベンガクヲイノル　ヨコヨク」

「合格した」

麦子が小さく叫ぶと、郵便配達夫はまだそこにいて、麦子を見てニッコリした。

「小父さんどうも有難う。小父さんが神様に見える」

麦子の言葉に家中の者が声を合わせて笑った。

あとがき

二十九歳の時から書き始めて今やっと完成した。

砂浜の砂の粒に過ぎない個人の体験であっても時間をかけてじっくり認識し再現するならば、おのずと万人共通の心理が現れる。

信教の自由がない時代には火のように燃える信仰があった。

自由になった今、それはない。

しかし、神の助けがなくてはより良く生きることはできない。

二〇二一年七月五日

宮下　偕子

◉ 宮下 偕子（みやした・ともこ）1947 年、千葉県生まれ
横浜国立大学卒業、日本ペンクラブ会員
著書に『カルチェラタン』(2003 年、三一書房)、『彼は二十一歳年下』（東洋出版、2009 年）など。

麦子の神様

2021 年 8 月 24 日　　第 1 版 第 1 刷発行

著　者―― 宮下 偕子
発行者―― 小番 伊佐夫
装丁組版― Salt Peanuts
印刷製本― 中央精版印刷

発行所―― 株式会社 三一書房
〒 101-0051
東京都千代田区神田神保町 3 - 1 - 6
☎ 03-6268-9714
振替 00190-3-708251
Mail: info@31shobo.com
URL: https://31shobo.com/

ISBN978-4-380-21003-7　C0095　Printed in Japan